レクチャーブックス◆お話入門2

選ぶこと

松岡享子 著

東京子ども図書館

お話を選ぶにあたっては、冒険をおそれないようにしましょう。
語りやすい、間違いのない話ばかりでなく、子どもの想像を広げる、
ふしぎに満ちた、美しい話を選びましょう。

アイリーン・コルウェル

もくじ

本書は、一九八二年に当館より刊行した小冊子「たのしいお話」シリーズの3
『選ぶこと』の新装版です。

一、選ぶための原則

選ぶことと語ること

わたしは、これまでにたった一度だけ、お話（語り方）のコンクールの審査員をしたことがあります。そのような機会がまたあるとは思いませんが、もし、わたしがなんらかの理由で、人の話を採点しなければならない立場に立たされたとしたら、どんな点のつけ方をするか、と考えることがあります。百点満点として、わたしなら、半分の五十点を、お話の選び方――つまり話そのものが語るに値する話かどうか――に当てると思います。そして、残りの五十点のうち、三十点を、その人がそのお話を選んだ気持が聞き手に伝わってくるかどうか、つまり、語り手がその話を語りたいという熱意を示しているかどうかで採点し、残りの二十点を、いわゆる「語り方」に配分するだろうと思います。つまり、語られるに適した、おもしろいお話を選び、語り手自身がその話を語りたいという気持をもって語っていれば、それだけでもう八十点あげていいと、わたしは思うのです。

　何かで読んだのですが、アメリカで、子どもたちを前において、電話帳を読み、相手をあきさせないどころか、ときに笑わせたり、ためいきをつかせたり、半時間でも一時間でも、子どもたちをすっかり掌中にひきつけておくことのできる人がいたという話です。電話帳はともかく、なんでもない話でも、その人の口から聞くとたまらなくおもしろい、といった人は、わたしたちの周囲にも、ときどきいます。こういう人は、語ること、相手を魅了することにかけて、どこか天賦の才があるのでしょう。しかし、だれもが、その真似をするわけにはいきません。ふつうの（？）人間であるわたしたちは、話そのものに頼って語るのですし、話に魅力があるからこそ、わたしたちがそれを語る意味もあるのです。ですから、お話の成否は、八割がた話そのもので決まる、また、決めてよい、とわたしは思うのです。

　となると、お話を選ぶのは、たいへん重要なことになります。『お話とは』[1]で「語り（あるいは語り方）は、語られる話と同等（イコール）でなければならない[2]」というセイヤーズさんのことばを引いて、語る話は、語り手がそれを語るために費やす努力に見合うものでなければならないと述べましたが、実際、ひとつの物語をおぼえて、人前で語れるように準備するのは、けっしてらくなことではありません。それだからこそ、準備のための苦労が無駄にならないように、最初から、語るに値する話を選ばなければならないと思います。

そこで、これから、語る話に向く条件をいくつか考えてみたいと思いますが、ほかの多くのことと同様、お話を選ぶことも、究極的には、一種のかんのようなものによるとわたしは思います。お話を語ることになれてくれば、本を読んでいても、「あ、これは語れるな！」とか、「これなら、うまくいきそうだ」とか思うようになるものですし、そうした最初のピンとくる感じは、たいてい当たるものです。そして、そのかんは、主に語ることによって養われるものだと思いますから、ほんとうのところ、選ぶ力と語る力は、同じといってもよい。よい語り手になるということは、ひとつの話が語るに向くかどうかの判断が的確に下せるということでもあるのです。そのためには、たくさん読むことと、たくさん聞くこと、たくさん語ることが何よりも大事です。

好きな話を選ぶ

では、経験を積んで、自分の中に、そういうかんができてくるまでの間、どんなことに気をつけてお話を選んだらよいでしょう。わたしは、初心者であれ、経験のある語り手であれ、お話を選ぶときに、けっしてくずしてはならない原則があると思います。それは、自分の好きな話を選ぶということです。自分で心底おもしろいと思う話、人にしてやりたいと思う話を選ぶことです。そういう話は、まずあなたの心を動かしたのですから、ほかの人の心をも動かす可能性がありますし、人に聞かせたいというあなたの気持は、あなたの語りを生き生きとしたものにするはずだからです。実際、構成上に少し難点のある話や、ことばの使い方がまずい話でも、ほんとうにその話が好きで、その話をすみずみまですっかり自分のものにしてしまっている語り手の口から聞けば、話そのものの弱点がほとんど気にならない場合があります。「好き」ということは、それほど大切なことです。そもそも語るという行為の核になるのは、それを人に伝えたい、人と共有したいという願望でしょう。何よりもまず、そういう気持をかきたてられる話を選ぶように心がけましょう。

好きな話ばかり選ぶと、する話に偏りが出てしまう、ということを心配なさる方があります。ことに保育者の方は、自分の偏りが、そのまま子どもたちの好みをも限定してしまうのではないかと気になさいます。しかし、実際見ていると、はっきり偏りがあるとわかるほどお話のレパートリーを貯えてから、そのような懸念をもらす方は少なくて、語ってもみないうちから心配している場合が多いのです。お話は相手があることですから、いくら自分が好きでも、聞き手に全然喜ばれない話は、語っていてたのしくありませんから、自然に語らなくなるものですし、逆に、聞き手が非常におもしろがったために、自分ではさほど好きではなかった話が、どんどんおもしろくなってくるということがあります。好みの偏りは、聞き手を相手にしている限り、聞き手からの軌道修正を受けるものです。また、語っているうちに、好みが変わってきたり、以前はそのおもしろさがわからなかった話が、おもしろく感じられてくるようになったりということも起こります。ですから、偏りを気にするより、自分の好きな話を、まずすなおに相手の前にさし出すようにしましょう。保育者としても、親としても、わたしたちは、その存在全体、人格全体で、いやおうなしに子どもに大きな影響を与えているのです。もし、わたしたちの好みに偏りがあったとしたら、たとえお話の選び方で多少の配慮をしたところで、その偏りが、ほかの点で子どもに伝わらないものでもないでしょう。それに、偏りは、同時に、その人の強味でもあり得ます。わたしたちは、自分たちのもっている最上のものを、子どもたちの前にさし出すことに努め、自分たちの力の及ばないところ、自分にはない味、自分にはうまく語れないお話は、どこかで、だれかが子どもに与えてくれるだろうと信じ、願うしかないと思います。

自分に合う話を選ぶ

好きな話をするということについて、好みが偏るなどということより何より、もっと問題なのは、自分の好きな話が、必ずしも自分にうまく語れるとは限らないということです。ルース・ソーヤーは、『ストーリーテラーへの道』[3]の中で、このことについて、次のように述べています。

ある人が、あるはなしがとても好きで、そのはなしのすぐれた点や、うったえる力について、よくわかっていても、そのはなしはその人に向いていない、ということがありうると、私は確信しています。いいかえれば、あなたに向かないはなしだとか、私に向かないはなしだとかがあるということで、これは、個人的な好みとは、何の関係もありません。アンデルセンを語るのに絶対必要な、デリカシイやユーモアをもっていない語り手がたくさんいます。また、何度やっても、英雄物語や叙事詩のもつ真の壮大さ、けんらん豪華なふんい気を、まったくあらわせない人もいます。おはなしによって、これは自分向きではないということを正直に認めるところに、語り手としての誠実な姿があると思います。アイルランドの古代の語り手の時代においてそうであったと同様、私たちにとっては、それぞれ、あるおはなしは、自分のものとして語ることができるけれども、他の人のはなしは、語ってはならないという、神聖なおきてのようなものがあるようです。

このような、おはなしと語り手との親密な関係は、ぜひ考慮に入れておかなければなりません。それは、服装の似合う、似合わないという問題と同じように、まったく個人的なことです。いったい、どこの語り手が、たとえ自分ではどんなに好きなはなしであるにせよ、自分に似合わない、ふさわしくないはなしをもって、きき手の前に出られるでしょうか？

たしかに、ある話に対する語り手の向き不向きということはあると思います。ソーヤーさんは、このことを、自分が大好きなキプリングやアンデルセンの話を語ってみて悟ったといっています。自分にはどうしても、その話の味をひき出すことができなかった、このお話が要求するものが自分には欠けていると思わざるを得なかった、というのです。このように、語ってみることによって、語り手と話の間に相性とでも呼びたいものがあることを発見する方もあるでしょう。しかし、わたしの経験では、このことは、多くの人の話を聞くことによってわかってくるものだと思います。ことに、同じ話を何人かの異なった語り手が語るのを聞くと、なるほどと納得できるものです。

しかし、では、いったい自分にはどんな話が合うのか、ということになると、これは、そう簡単には判断がつきません。実際、いくつものお話を語ってみて、また、同じ話を人が語るのを聞いてみて、少しずつわかってくるものだと思います。ですから、初めての人は、人には、その人に語れる話と、語れない話――もっと正確にいえば、その話の持ち味を十分出してうまく語ることのできない話があることを、知識として、頭のすみにとどめておくだけでいいと思います。そして、はじめのうちは、あれこれ気にせず、自分がやってみたいと思う話を、どんどんおやりになるといいと思います。冒険をおそれないことです。そして、ひとつつけ加えておくなら、語り手にもいろいろな語り手があるように、話にもいろいろな話があって、少々気むずかしく（？）相性のいい語り手を選ぶ話もあれば、だれにでも喜んで語らせてくれる話もあります。一般的にいって、創作のお話は、合う人、合わない人が、かなりはっきり分かれますが、昔話は、だれでも、それなりの味を出して語れます。またおかしい話は、語れる人と語れない人があるようですが、悲しい話は、だれが語ってもある効果をひき出すことができるようです。原則として、次にどうなるかという筋の展開への興味で聞き手をひっぱっていく話は、だれにでも語れますが、登場人物の性格や、話の雰囲気でもっている話は、語り手にふさわしい人を得なければ、話が生きてきません。

しかし、くりかえしますが、これからお話をしようとする人は、こうしたことを、自分に加えられる制限のように感じる必要はありません。それに、語り手自身も、時とともに変わるものです。以前には全然興味をそそらなかった話がおもしろく感じられるようになったり、前にはうまく語れなかった話が、何かの拍子に語れるようになったりします。語り手とお話の関係は、人と人の関係のように、広がったり、深まったり、ある時期疎遠になったり、たいそう親密になったりしながらつづいていくものだと思います。取り組んでみない前から、合う合わないを心配しないで、まず語ってみましょう。

聞き手に合う話を選ぶ

これからお話をしていこうとする人たちが、よく考えたほうがいいのは、話と自分の相性ではなく、むしろ話とそれを聞く子どもとの関係でしょう。お話は、なんといっても相手があってすることですから、する話が聞き手にわかるかどうか、聞き手の要求に合っているかどうかを前もってよく考えて話を選ぶことが、お話を成功させるかどうかの重要なカギになります。このことは、聞き手がごく幼い子どもの場合、とくに大事です。図書館などで行うお話のじかんでは、割合年齢の幅の広い子どもたち、しかも一定の顔ぶれが決まっているわけではないグループが相手ですから、聞き手に合う話といっても、それほど限定して考えることはできないでしょう。しかし、保育園のように、聞く子どもたちの顔ぶれが決まっており、また、年齢、興味、理解力などがはっきりつかめている場合には、その子たちに合うお話を選ぶことができるはずです。子どもの発達や、季節の移り変わりなどをもとに、あらかじめ大まかなカリキュラムを組むこともできるでしょう。また、ひとつの話に対する子どもたちの反応を見て、くりかえし同じ話をしたり、次の話を考えたり、図書館の場合より、ずっと聞き手の子どもに焦点を合わせた選び方ができるでしょう。レパートリーをいくつか貯えた保育者なら、その日、そのときのお天気や、子どもたちの気分、あるいは、遊びの中の出来事に関係のあるお話を、その場で選んでしてやることができます。そうすれば、お話がいっそう親しみ深い、印象の強いものになることでしょう。

家庭で、ひとりふたりの子どもを相手にするときは、もっと細かく子どもに合わせて話を選ぶことができましょう。親と子のように、語り手と聞き手が、ふだんから緊密な関係にある場合は、語り手がある話を選ぶことによって、そのとき、語り手が伝えたいと思うあるメッセージを子どもに伝えることもできるでしょうし、ひとつの話をともにたのしむことによって、日常会話だけではふれることのできない心の深みにふれあうこともできるかもしれません。そうなると、話を選ぶことは、単に話そのものを選ぶというよりは、聞き手によって、あるいは、語り手と聞き手の関係によって選ぶことになってくるでしょう。

逆に、知らないところへいって、初対面の人たちに話をするということになると、聞き手への配慮よりも語り手が安心して語れる話、だれにでも喜ばれる話を選ばざるを得ません。話をしてみて、ああ、こういう聞き手だったら、別の話をもっと喜んでくれたかもしれないなと思ったりすることがあります。ともあれ、特定の機会にお話をするために話を選ぶときは、語られる場がどんなものか、聞き手はどういう人たちかを前もってたしかめられる限りたしかめて、できるだけそれに合わせて選ぶようにしてください。

どういう話がどういう子どもたちに向くかといったことや、お話のじかんのプログラムのたて方については、『お話のリスト』(4)や、『お話の実際』(5)でもっとくわしく述べています。しかし、こういうことも、お話に関するほかのすべてのこと同様、やってみてわかる、やることによって学ぶものだと思います。ただ、初めての方のために、わたしの経験から、ひとつ、ふたつ、実際的なアドバイスをしておきましょう。

おかしい話

ひとつは、おかしい話は、あまり年齢の低い子ども、お話を聞きなれていない子どもには向かないということです。日ごろの生活の中でもおかしいことに出会ったときは、どうしてもそれをだれかに話したくなるものですが、本を読んでいて思わず笑いだしてしまうような話を見つけたときは、ぜひこの話を人に聞かせてやりたいという気になります。それに、おかしい話をして成功し、聞き手がそろってどっと笑ってくれたりすると、語り手としてはたいへん気持がよく、深い満足をおぼえるものです。

ところが、わたしたちがおもしろいと思うことを、子どもたちが同じようにおもしろく思うかというと、必ずしもそうではありません。このことについては、わたしも何度か失敗をしました。いちばん〝参った〟のは、「三つの金曜日」*というトルコの昔話をしたときです。小学校中学年を中心に、高学年の子もチラホラまじった、図書館のお話のじかんだったにもかかわらず、子どもたちは、笑いもせずお話に聞きいっています。お寺とかお説教とかが出てくるので、まじめな話だと思ったのかもしれません。とうとう、おしまいの〝落ち〟のところへきても、全員がニコリともせず、「それで、どうなった?」といわんばかりの顔でじっとこっちを見つめているのです。これには弱りました。この経験で、この種の話は、語り手が話し終わったところで話が終わるのではなく、語り手の最後のことばにこたえて、聴衆がどっと笑ったところで、話が終わるのだということが、よくわかりました。聞き手が笑わないと、話は宙ぶらりん、電線にひっかかった凧のようにみっともないものになってしまいます。

「エパミナンダス」*のような話も、ほんとうにおもしろがって笑うのは、小学校も中学年になってからです。それより年齢の低い子どもは、途中でかなりよく笑っても、最後の部分でキョトンとしていることがよくあります。一度など、六つの女の子に、「そんなことしたら、パイが食べられなくなってしまうじゃないの」と、眉根にしわを寄せて抗議されたことがありました！

これに対し、悲しい話は、こちらが予想するより低い年齢の子でも、よくわかって反応します。主人公が、同年齢の子どもや、動物でなくても――たとえば、夫婦の愛情のようなものを扱っていても――しんみり聞いてくれます。思うに、悲しい話は情緒に訴えるからで、情緒の面は、人間の心のさまざまな働きのうちでも、最初に発達するからでしょう。また、悲しみは、事のなりゆきがよくわからないまでも、気分として感じとることができるものですし、幼い子ほど、そのような気分を敏感に感じとり、自然に共感することができるからでしょう。

そこへいくと、笑いとおかしみは、ずっと知的な、社会的なものといえましょう。子どもたちは、まわりのおとながどういうことをおかしがるか見ていて、笑うことをおぼえていくように思います。幼い子でも、だれかが転んだとか、だれかをぶんなぐったとかいう肉体的なこと、物理的なことでは笑いますが、ことばのおかしさ、ちぐはぐな状況のかみ合わせによるおかしさは、知的な訓練を経て、初めてわかるもののようです。

ですから、おかしい話を選ぶときは、聞き手の年齢をよく考えること。また、初めてのところでは、いきなり笑い話からはじめたりしないで、相手がお話になれているかどうか、また、十分くつろいでいるかどうかを見て、話すようにしなければなりません。かたい、かしこまった気分でいるときは、ふだんおもしろい話を喜ぶ子どもでも笑わないことがあります。また、その話を聞くのが初めての場合、子どもたちは、次にどうなるかを追うのに懸命で、笑うゆとりがないこともあります。同じ話をくりかえしてやると、はじめは笑わなかった子が、しまいには、おかしいところへくる前からもうニコニコしはじめ、ついには文字どおりころげまわって笑うようになったりするものです。

韻律のある話

実際的アドバイスのもうひとつは、ごく年齢の低い子どもたち、たとえば三歳から五歳といった年齢のグループには、できるだけ、ことばに韻律のあるお話を選ぶといいということです。

ルース・トゥーズは、その著 *Storytelling*[6] の中で、子どもたちのお話に対する反応から、子どもたちが喜ぶ話の種類は、年齢的にいって、

一、韻律的なもの

二、日常的、現実的なもの

三、空想的なもの

四、英雄物語

という順を追って変化していくのではないかといっています。トゥーズ自身も述べているように、これはけっして厳密なものではなく、何歳から何歳までは韻律のある話を喜び、現実的な物語をたのしむ時期が終わってから空想的なものを喜ぶようになるといったものではありません。たいていの子どもは、同時に、いろいろな種類の物語をたのしむものです。しかし、子どものお話への興味の発達のひとつのパターンとして、前ページの四つの段階づけは、当を得ていると思います。ですから幼い子どもには、くりかえしの多い話、話中に歌やおまじないの文句が出てくる話、同じことばや会話が一定の間をおいて規則正しく出てくる話を選ぶとよいでしょう。この種の話は、おとなとして読んだ場合、最初からそれほどおもしろくは感じられないでしょう。しかし、おかしい話が話自体としておかしいわけではなく、それを聞いた人がともに笑うことによって、おかしい話になるように、これらの、単純で、ことばのリズムがそのおもしろさの重要な部分になっている話は、幼い子どもにしてみて、その反応を得て、初めてほんとうにそのおもしろさと、話としての底力がわかってくるものです。単純なものの中に、尽きないおもしろさがあることは、むしろ幼い子どもをとおして、わたしたち自身が学んでいくことだといえましょう。

以上、お話を選ぶことについて、まずその原則ともいえることを述べてみました。自分の好きな話を選ぶこと、そして、その好きな話のうち、自分に合う話を選ぶこと、そしてさらに、聞き手を考えて選ぶこと、がそれです。このことは、たとえどんなに経験を積んでも、くずすことのできない原則だと思います。

二、語るに向く話の条件

聞くことと読むこと

どんな話でも、語っていけないということはありません。さきに述べたように、語り手が心底その話が好きで、心を打ちこんで話せば、話そのものの多少の欠点は気にならなくなるものですし、単純な、どことといって山場のない話でも、語る人の人柄や、声の魅力、抑揚のおもしろさで、ついついひきこまれて聞きほれるということもあります。ですから、昔話であれ、創作であれ、長編であれ、短編であれ、フィクションであれ、ノンフィクションであれ、人に聞いた話であれ、きちんと本になったものであれ、わたしたちは、その気になれば、どこからでも語る材料をさがしてくることができます。

しかし、お話が文字でなく声によって伝えられ、聞き手はそれを目からではなく耳から受けとるということは、やはり語られるお話に、一定の条件を課します。耳で聞くことと、目で読むことは同じではないからです。目に訴えるおもしろさが、そのまま耳に快くひびくわけではないし、わたしたちの耳を喜ばすことばのひびきや、語りの際の適度な間(ま)がつくり出すなんともいえない味、おもしろみ、緊迫感といったものが、そっくり活字の上で生きてくるとは限らないのです。いくつかお話を語っているうちには、だれでも、活字になったものを読んでいたときは、いい話だと思ったのが、語ってみると思ったほどうまくいかなかった。あるいはその反対に、読んだときには大した話だと思わなかったのに、語れば語るほどその話がおもしろく思えてきた、ということを、経験するものです。

この事実は、当然、数ある話の中で、あるものは語るのに向き、あるものは向かないということを示しています。これは、内容の面というよりも、主に表現の面での違いです。

単純であること

一般的にいって、耳で聞く話は、目で読む話より、ずっと単純でなければならないと思います。これは、お話を聞くとき、わたしたちの頭が単純になる(?)ことによると思われます。（実際、頭を単純にしておかないとお話はたのしめないのです。）

語るということは、その時間的な性質上、一度にひとつのことしかいうことができません。従って、聞くほうも、いわれたことをひとつずつ受けとめ、頭におさめていくことになります。お話は、次から次へすすんでいかねばなりませんし、前のことが聞き手の頭にはいっていなければ、あとのことが受けいれてもらえませんから、語るときは、その場でストン、ストンと聞き手の心に落ちていくようなことしか語れません。じっくり考えないと納得できないようなことをいったのでは、聞き手が話についてこなくなるからです。聞き手は聞き手で、語り手が次のことをいう前に、前に聞いたことを頭におさめてしまわなければいけません。頭をからにしておかないと、新しい事柄が受けいれられなくなるからです。また、いうまでもないことですが、語り手は、ひとつのことを語りながら、同時に別のことを考えることはできません。聞き手も、お話を聞きながら別のことを考えるわけにはいきません。話から離れて別のほうへ考えが流れはじめると、たとえそれがお話に関係のあることであっても、たちまち、話からおいていかれてしまうからです。

このように、お話では、語り手も、聞き手も、そのとき、そのときに、ひとつのことを追っており、その結果、頭の中に一本の線が流れるような、単純で、集中した精神状態になるのだと思います。ということは、語るための話も、そのような単純で太い筋が一本通ったようなものでなければならないということです。

聞き手に負担をかけないこと

本を読んでいるときは、今、目が走っているその箇所だけでなく、その前後二、三行は、なんとなく頭の中にはいっていますし、読んでいる文章がひきおこすイメージや、さそい出す連想などが、文章そのものと同時に頭の中に座を占め、それがまた互いに影響し合いながら読みすすむのだと思います。読んでいるときは、語り手の都合でとんとん話が先へいくということもありませんから、難解なところでは、止まって考えることも自由ですし、よくわからなくなったり、前のことをたしかめたくなった場合は、あともどりして、前に読んだ箇所をもう一度読みかえすこともできます。お話では、これができません。

それればかりか、さきに述べたように、次から次へと起こる新しい事実を受けいれるために、すんだことはすんだこととして、どんどん〝忘れて〟いかなければなりません。耳から聞くことで成り立っている昔話が「くりかえし」という手法をひんぱんに用いているのは、話の進展にとって重要なことで、聞き手がそのようにして〝忘れた〟ことを思い出させる意味もあるのです。つまり、くりかえしは、あともどりがゆるされない語りが生み出した、聞き手に負担をかけぬ、ゆるやかな前進の手法なのです。

聞き手に負担をかけないといえば、昔話などには、聞き手が無理なく聞けるため、実にうまい工夫がこらしてあります。語りやすい、また聞いて心地よい話は、必ずといってよいほど話に適度な山と谷があり、全体がひとつのリズムをもって動いています。聞き手が息をつめて聞くような緊迫した場面のあとさきには、肩の力を抜いてよいゆるやかな場面があり、クライマックスへのもっていき方も、けっして急ではありません。こうした緩急の呼吸や「くりかえし」の手法は、聞き手の生理に深く根ざしたものだと思います。

しかし、語り手や聞き手の、生理的な必要に応じて生まれたこのような物語表現の特徴は、実は、活字になった場合、あまり意味がないように思えるものです。たいていのおとなは、昔話を本で読むときは、くりかえしの部分をとばします。三人兄弟の話だと、二人目のところは抜かして、すぐ三人目——成功するに決まっている！——を読むという具合です。読んでいるときは、同じことのくりかえしは、くどい、わずらわしいと感じられるものです。こうした耳で聞くこと、目で読むことの違いを、わたしが最初に「なるほど！」と深く納得したのは、「美しいおとめ」*という話を語ったときでした。この話では、うすのろという主人公の少年に、力持ち、はや足、のどかわき、弓の名人、聞き耳、と、五人の家来ができ、これがそろって、魔法使いにとらわれている美しいおとめを助けにいくのですが、家来がひとり加わるたびに、一行が歩くさまを描写することばがはいります。

　最初読んだとき、こういう箇所は、少しもわたしの注意をひきませんでした。決まりきった文句が、機械的にはめこまれているという印象で、「またか」という気がしました。読んでいるときは頭の中で適当にとばしていたと思います。ところが、語ってみて、この部分が大事な役割をもっていること、語りにはなくてはならぬ部分だということがわかったのです。

つまり、語り手としては、この部分があるために、ちょっと一息いれて、「話はここまできた。次に出てくるのは○○だな」と、思うことができます。いわば呼吸を整えることができるのです。同じように聞き手も、ここで、少し力を抜いて、今までに出てきた人物を整理し、次に現われる人物を待ちうけることができます。耳で聞いているときは、あまり次から次へと新しい人物が登場したのでは、それらをちゃんと頭にいれることができなくなるのです。ですから、このゆるやかな部分は、たいへん大きな意味をもっているのです。この話は、少しちぢめて語っても三十分ほどかかる話ですから、途中で、適度の息抜きがはいらないと、肝心のクライマックスにたどりつくまでに、語り手も聞き手もくたびれてしまいます。ここは、たとえば、劇で、主人公が移動して場面が転換するとき、いったん幕が降りてから、その幕の前を主人公たちが、下手から上手へと歩いていく。その間にかわす会話で、観客に次にくる幕への準備をさせ、幕があがると次の場面になっている、といったやり方をとることがありますが、ちょうどあれと同じ効果があるのです。これは、わたしがお話をはじめて間もないころにしたひとつの発見でした。

しかも、家来が、ひとり加わるごとに、同じようなことばが都合四回くりかえされることは、主人公のたどった旅の長さを聞き手に印象づけますし、話全体に歌のリフレインのような一種の音楽的効果を与えることも否定できません。もし、この部分がなかったら、聞き手は、次から次へと登場する人物を追うのに息つく暇もなく、ゆとりをもって話を細部までたのしむことはできなくなったにちがいありません。

朗読することと語ること

読むと、無意味とも機械的とも思えるくりかえしや決まり文句が、語ると生きてくるのと反対に、読むと感心させられるこまやかな描写が、耳で聞くとわずらわしく感じられることが多いのにも驚きます。語りには、黒い、白い、大きい、小さい、はやい、おそい、といったごく基本的な形容詞を除いて、形容詞はほとんど必要ないのではないかと思うくらいです。客観的に何かを描写することはいいのですが、描写する人の心情がはいりこんでいる形容詞、たとえば「いたましげな」様子とか、「はにかむような」まなざしとか、「憂いのかげを色濃くやどした」顔とかいった形容詞を多く使った表現や、非常に個性的な比喩などは、よほどぴったりと抜きさしならぬ箇所で使われない限り、語りの中では浮きあがって、聞き手の心を上すべりしてしまいます。このような話は、読んだときは美しいと思っても、聞く身になってみると、何かひらひらと不用なものがついていてわずらわしいという感じを受けることが多いのです。語るには、できるだけかざりの少ない、単純、簡潔な話がよいのです。

単純であるということは、また、ごまかしがきかないということでもあります。読んでいたときにはちっとも気がつかなかった話の矛盾を、耳で聞いたときにいちはやく感じとる、といったことは、わたしも何度も経験しました。

そのことから考えると、読むときは、頭の中で、ずいぶんあれこれ補ったり、つじつまを合わせたりしているらしいことがわかります。聞くときは、そうした、無意識的、あるいは恣意的な努力や、もろもろの先入観をすてるからでしょう。話の筋道が、いやでもはっきり見えてくるのです。

わたしは、このように、頭をからっぽにして、語られることばを、順々にそのとおり受けとめていく聞き方を、「お話に心をあずける」と呼んでいますが、そのように聞き手がすっかり語りに身をまかせるとなると、話には、何より、しっかりした骨組が必要になります。それがなければ、聞き手をしっかり受けとめることができないからです。従って、語るには、「だれがどうした、それからどうなった」といった単純で骨太な筋をもった話でなくてはだめなのです。ひとつの雰囲気や、気分、そのこまやかで微妙な描写で成り立っている話は、語るよりも目で読んだほうがいいのです。また、たとえ、声に出すにしても、語るよりは朗読したほうがよいでしょう。(朗読に向く話と語る話の区別は、そうはっきりとつけられるものではありません。しかし、少なくとも、これまで述べてきたことからわかるように、事件の発展によって人をひっぱっていくたぐいの話は語るのに向き、多少とも心理的な要素のある、細かなニュアンスを大事にする話は、朗読に向くでしょう。一人称で書かれた話なども、ふつうの人には、朗読のほうがやりやすいと思います。)

ともあれ、すべての物語が、語る目的にかなうものではありません。本来語られてきた昔話は別として、現代の創作の物語の多くは、声に出して読まれたり、語られたりすることは予想せず、活字になって読まれることを前提として書かれていますから、語るための条件を満たしていないことが多いのです。ですから、お話を選ぶときは、その話が語るのに向いているか、語るための条件にかなっているかどうかをたしかめておかなければなりません。

以下、語るための条件を少しくわしく見ていくことにしましょう。

はっきりした筋

すでにふれたように、耳で聞くことを前提にした話には、一本の太い、しっかりした物語の流れがあることが肝要です。人をひきつける、おもしろい物語には、たいてい何かひとつの中心課題があって、その解決に向かって、いくつかの出来事が順序をふんで展開し、最後に満足のいく解決を得て終わる、という形をとっています。たとえば、「三びきのやぎのがらがらどん」[*]では、「山へふとりにいく」という課題があり、そのための障害になるトロルに三匹のやぎが順番に挑戦し、三匹目がトロルをやっつけて問題は解決。三匹は存分に草を食べてまるまるふとるという満足すべき結果をもって終わります。『おかあさんだいすき』の中の「おかあさんのたんじょう日」[*]では、おかあさんのおたんじょう日に何をあげようかというダニーの課題が、動物たちの協力と、助言（？）によって解決します。昔話の多くがそうであるように、よくできた話は、冒頭でその話の課題が示され、最初から聞き手をひきつけてしまうものです。

解決すべき課題が、最初からはっきり目的として設定されていないものもあります。しかし、それらの話では、物語の最初の部分で、聞き手をひきつけてしまうふしぎな出来事が起こったり、聞き手の同情をさそう主人公の状況が述べられたりして、そこから物語が展開しはじめます。そして、聞き手は、必ずしも物語のすすむ方向をはっきりとは知らされないものの、次々と起こる出来事にひかれて、最後まで導かれていく、といった形になります。いずれにしても、語るに向く話は、終始聞き手をひきつけ、話の先へひっぱっていくものでなければなりません。聞き手が興味をもつ課題や、出来事を示し、その解決が与えられるまでは気持がおさまらないと聞き手が感じるようでなければならないのです。

もしも、ある話が、ひと区切りごとに、聞き手から「それで?」「それから、どうなったの?」という問いをひき出すようであれば、その話は、語る話としては、最上のものだといってよいのです。よい話というものは、語り手のひとこと、ひとことに対して、ことばにならないまでも聞き手のほうから、その先を催促する問いが発せられ、そのうながしにこたえて語り手が次のことばを出す……といったふうにすすんでいくものだと思います。ことに初心者は、このようなはっきりした筋のある話、人をそらさない、いつも問題の中心に聞き手の関心をひきつけておくような話を選びましょう。そのような話は、語っていても安心ですし、物語になれない聞き手でも、らくについてくるからです。

単刀直入な始まり

話にしっかりした流れ——筋——があるということを、ある人は、話に、始まりと、まん中と、終わりがあるというふうにいっています。そして、さらにいえば、単刀直入に始まり、順序よく発展し、満足のゆく結末をもって終わるというのが、語るに向く話のあるべき姿でしょう。そこで、この「始まり」「まん中」「終わり」について、もう少しくわしく考えてみましょう。

まず、話の始まり。話の始まりは、そこで聞き手の心をつかむかどうかが決まるものですから――そして、お話の場合、はじめに聞き手をとらえそこねたら、途中からかれらを話にひきいれるということは無理ですから――たいへん重要です。ここで、物語の時と場所、主人公、課題、雰囲気等が、できるだけ短いことばで、はっきりと示されなければなりません。これらは、いわば話の枠組を決めるもので、これから起こる物語は、全体としてこういう枠の中で展開するのです、こういう土俵の上で勝負が行われるのです、ということを聞き手に示します。聞き手は、その枠を設定されて初めて、安心して、物語に聞いることができるのです。

単刀直入に物語の核心に迫る、無駄のない始まりの例は、昔話にいくらでも見ることができます。


「三びきのやぎのがらがらどん*」

むかし、三びきのやぎがいました。なまえは、どれもがらがらどんといいました。

あるとき、やまのくさばでふとろうと、やまへのぼっていきました。


「おいしいおかゆ*」

むかし、あるところに、貧乏でしたが、とてもきだてのよい女の子がおりました。

その子は、おかあさんとふたりきりですんでいましたが、あるとき、とうとう、食べるものが、なにもなくなってしまいました。そこで、女の子は、食べものをさがしに、森にでかけて行きました。

時はいつか――――むかし
場所はどこか――――あるところ
主人公はだれか――三びきのやぎ
　　　　　　　　きだてのよい女の子
課題は何か――――山へふとりにいくこと
　　　　　　　　ひもじくなくなること

語りはじめて、ほんの十秒から二十秒の間に、これからの物語の展開を追っていくのに必要な事柄が、もれなく示されているのに感心するではありませんか。こうした真正面からの、必要なこと以外は一切いわない話の始まり方は、あまりにもくせがなさすぎてつまらないと思われるかもしれません。しかし、物語というものは、結局「だれが、いつ、どこで、何をした」ということから成り立っているのですから、きちんとそれを示してくれる、このような始まりは、語り手にとっても、聞き手にとっても、もっとも安心がいくものなのです。とくに、今例にあげたふたつの話は、どちらも五分前後の短い話ですから、このように無駄なくはじめられなければ、話全体のバランスがとれません。これらの話は、いわば短距離レースのようなものですから、スタートからある程度スピードがついていなければいけないのです。実際、このあと、「三びきのやぎのがらがらどん」*では、やぎたちのゆく手をさえぎるトロルが登場し、「おいしいおかゆ」*では、女の子を助けるおばあさんが現われて、話は、すぐに、「まん中」の部分へ突入します。

もちろん、もっと長い話では、もう少しゆるやかな出だしを見せるものもあります。しかし、その場合でも、よくできた話は、けっして聞き手の心をふらふらと迷わせてはおきません。最初のところで、パッと聞き手の心をつかみ、いちはやくお話と結びつけてしまいます。わたしが語る話のうち、二十分かそれ以上かかる長い話には、「一つ目、二つ目、三つ目」*や、「仕立てやのイトチカさんが王さまになった話」*、「美しいワシリーサとババ・ヤガー」*、「金の不死鳥」*などがありますが、わたしは、これらの話を語るたび、その始まりのうまさに感心します。

「一つ目、二つ目、三つ目」

むかし、あるところに、ひとりの女の人がいて、この人には娘が三人ありました。上の娘は、一つ目という名前でした。ひたいのまんなかに、目がたったひとつしかなかったからです。中の娘は、人なみに、目がふたつなので二つ目とよばれ、末の娘は、目が三つあるので三つ目とよばれていました。そして、この子の三番めの目は、やはりひたいのまんなかにありました。


「仕立てやのイトチカさんが王さまになった話」

むかし、ポーランドはタイダライダという小さな町に、ユーゼフ・イトチカさんという仕立てやさんが住んでいました。イトチカさんは、ひどいやせっぽちでした。だいたい仕立てやさんというのは、世界じゅうどこへ行っても、やせているものです。人に、針と糸を思い出してもらわなければなりませんからね。しかし、このイトチカさんのやせかたときたら、とくべつでした。なにしろ、自分の手にもった針の穴をくぐりぬけられるくらい、やせていたのです。

ここまで語っただけで――まだ話がはじまるかはじまらないうちに――聞いている子どもたちの目は、はやまんまるになります。ひたいのまん中にたったひとつ、あるいは三つも目のある娘、針の穴をくぐりぬけられるくらいやせた男、といったイメージは、最初から子どもたちの想像力に強力な刺激を与えますから、子どもたちは、そのようなふしぎな人物の身の上に起こる出来事を、興味をもって追わないわけにはいかなくなります。

「美しいワシリーサとババ・ヤガー」*では、母親が八歳の娘に、形見に人形を残して死ぬところから話がはじまります。聞き手は、同情から、ここではや主人公へぴったり気持を寄せてしまいます。「金の不死鳥」*では、冒頭で、ある王さまのお庭にある「魔法の木になる銀色のちえのリンゴ」が紹介され、それが何者かによって盗まれるところから、話がはじまります。魔法の要素と、イメージの美しさ、それに、犯人さがしの興味が、いちはやく聞き手をひきつけてしまいます。まったく、心にくいばかりにたくみな始まりです。

　これに対し、話の冒頭で、長々と情景描写があったり、主人公がいつまでたっても登場しなかったり、聞き手にとって耳なれないことば——人名、地名も含めて——が、たてつづけに出てきたり、数多くの人物が一度に登場したりといったことは、聞き手の心が話にはいりこむのをさまたげます。聞き手に話のイメージをなかなか描かせてくれなかったり、あるいは、話が本格的にはじまったとき、最初のイメージを打ち消して、改めて別のイメージを思い浮かべなければならないようにしむけたりする始まりも困ります。たとえば、こういう始まりです。


「もういいかい？」

「まあだだよ」

「もういいかい？」

「まあだだよ」

どこからかかわいい声が聞こえてきます。

「もういいかい?」

おや、返事がありません。もう一度、「もういいかい?」すると、遠くから小さい声がしました。

「もういいよう」

さあ、いったいどこへかくれたのでしょう。

全体の調子はかわいらしく、ひとつの雰囲気は感じられますが、このようにはじめられると、聞き手は、かくれんぼをしているのはだれか、どこでしているのかといった肝心のことはわからず、はっきりしたイメージを描くことができません。そして、もし、なんとなく戸外で、子どもたちが遊んでいる光景を思い浮かべた聞き手がいたとしたら、その人は、話が次に、戸だなのうしろかしら？　冷蔵庫の下かしら？　おかあさんは、白いおひげをピクピク動かしながらチビちゃんをさがしはじめました……

というふうにすすんでいくと、戸外のイメージをあわてて室内にきりかえ、人間の子どものイメージを、急いでヒゲのある動物に変えなければなりません。そしてなお、これはネコだろうか、ネズミだろうか、場所はどうやら台所らしいが……と、思いめぐらさなくてはなりません。もし、こういう状態が長くつづくと、聞き手は、イメージを描こうとする努力を放棄してしまいます。正攻法すぎておもしろみはないかもしれませんが、「夜中、みんなが寝てしまったあと、台所でネズミの母子（おやこ）がかくれんぼをしていました」と、はじめてくれるほうが、ずっと安心して話にはいっていけます。

話のはじめには、聞き手の心は緊張しています。これからはじまるのがどんな話なのか、その枠組をはやくつかんで、自分の心のチャンネルをそれに合わせようと努めているからです。その聞き手の気持をはぐらかさぬよう、これからはじまる話の、性質や、物語のすすむ方向をはっきり示し、主人公を紹介し、聞き手の心をすばやく話にひきつけると同時に、安心して話が聞ける状態に導きいれる――これが、よい始まりだといえます。

くさりのような展開

始まりのあとにつづくのは、「まん中」です。これは、よくいわれる物語の「起承転結」の承と転の部分を含みます。ここで、いちばん大事なことは、出来事が、因果関係によって、くさりのようにしっかり結び合わさってつながっていくことです。つまり、ひとつのことが起こって、それが引き金となって次のことが起こり、そのことがまた原因となってその次のことが起こる――というように、出来事が緊密に、そして必然的に発展することです。昔話では、この原則は、忠実に守られています。ばあさんは川へ洗濯にいった、川上から桃が流れてきた、桃から男の子が生まれた、というふうにです。

イギリスの昔話「三人ばか」*を例にとってみましょう。話は、あるところに百姓の夫婦がいた。

ふたりには娘があった。

娘は近いうちに結婚することになっていた。

いいなずけは、毎日、百姓家へやってきて夕飯を食べた。

夕飯のときに飲むビールを地下室にくみにいくのは娘の役だった。

娘はある日、地下室で、はりにささった木づちを見た。将来、その木づちが落ちてきて、自分の子に当ったらと娘は考えた。


というふうに進展していきますが、この進展の仕方は、文字どおりくさり状です。

夫婦に娘、娘にいいなずけ、いいなずけが食べる夕飯、夕飯に飲むビール、ビールのある地下室、地下室にあった木づち、木づちがさそった不幸の予想、予想した不幸に泣く娘、娘といっしょに泣く母親、母子といっしょに泣く父親、三人そろって泣く親子に愛想を尽かすいいなずけ、いいなずけの旅立ちという具合です。

こういう話では、語り手が途中で、「この次どうなるのだったかしら？」と迷うことはまずありません。ひとつひとつの出来事をくさりをたどるようにたどっていけば、ひとりでに物語は進展するからです。実際、よくできた話は、おぼえやすく、また忘れにくいものです。

もし、非常におぼえにくい話があったら、その話の筋の展開の仕方を、よく検討してみてください。そこに必然性がないからだということがわかってくるはずです。話のまん中は、必然的に発展する出来事で、順を追って盛りあげられ、クライマックスまで運ばれることが望ましいのです。さきに、物語を聞くとき、わたしたちの頭は単純になるといいましたが、そうなった状態で、無理なくついていける話が、耳で聞く話としてはよいのです。考えの自然な流れに逆らう話、たびたびの飛躍を要求される話、あっちへ飛びこっちへ飛びする話は、語る＝聞くという観点からいえば、不適格です。

満足のいく結末

たいていの、よくできた話は、順序よく発展してきて、終わり近くでクライマックスを迎えます。「三びきのやぎのがらがらどん*」であれば、三匹目の、いちばん大きいやぎのがらがらどんがトロルと対決して、トロルをやっつけるところ、「おいしいおかゆ*」なら、娘が帰ってきて、おかゆを煮つづけてやまないおなべに向かって、やめとくれと命じるところ、「かちかち山*」なら、タヌキの泥舟が沈むところ、がそれです。

ここでは、物語が思いがけない展開を見せるとか、あるいは少しずつ積み重ねてきたことが成就するとかして、それまで物語を先へ先へとひっぱってきていた課題が、一瞬にして解決されます。聞き手は、ここで思わず息をのんだり、手をにぎりしめたりし、語り手も、ここいちばんと力をこめて語ります。問題は解決し、緊張は一気にほぐれ、ほとんどの物語は、「めでたし、めでたし」でしめくくりたい結末に到達します。

話の終わりで大事なことは、それが、始まり同様、簡潔であること、ものごとにはっきりと決着がつくこと、そして、その決着が、聞き手の心にとって満足のいくものであること、です。簡潔に終わるということは、クライマックスのあと、もたもたしないことです。

グリムの「ねむりひめ」*の例を見てみましょう。この話のクライマックスは、百年目にやってきた王子が、塔の中に姫を見つけ、くちづけするところでしょう。このくちづけを合図に、いっぱいに巻かれていたぜんまいがピーンともどるように、城の中でねむっていたすべての人が目をさまします。そのあと、物語はなんといっているでしょう。

王子とねむりひめの結婚式が、世にもはなやかに行われました。

で終わっています。あっけないほど簡潔な終わり方ではありませんか。もう少し何かあってもいいような気がしますが、しかし、語ってみると、これがよいのだとわかるのです。なぜなら、聞き手にとって、姫がねむりからさめた瞬間に事は成就しており、あとは、もう簡単にその確認だけが求められているからです。クライマックスへ至るまでの盛りあがりが高ければ高いほど、聞き手は、クライマックスで、ぎりぎりいっぱいに緊張しており、それが解けたとなると、あとはもう急な斜面をころがり落ちるように心がゆるんでしまい、これ以上何かを聞く状態ではなくなってしまうのです。

ロシアの昔話「美しいワシリーサとババ・ヤガー」*には、主人公の少女ワシリーサが、魔女ババ・ヤガーから火種をもらって帰ってきたあと、結婚に至るまでをまたひとつの物語にして語っている版がありますが、実際、子どもたちに話をしてみると、この部分は、もう聞いてくれません。森の中のババ・ヤガーの家で起こる出来事があまりにふしぎでおそろしく、それにすっかり心をうばわれるので、ワシリーサが無事家に帰りつき、まま母たちが罪を受けて死ぬところで、子どもたちの集中力は燃え尽きてしまうのです。そして、これは、自然のことではないでしょうか。聞き手には、聞くことについての生理的な要求があると思います。ゆるやかにはじまり、徐々に盛りあがり、クライマックスに達したら、急カーブで結末へと降下する。つまり、次ページの図のような線が、語り、聞く話としては、いちばん無理のない、基本的なパターンであるように思います。そして、ついでにいえば、盛りあがりも直線で一気に上昇するのでなく、くりかえしという手法を用いて、いわばらせん状にあがっていく。間に適度に力を抜くことのできるところをまじえながら伸びていくものです。

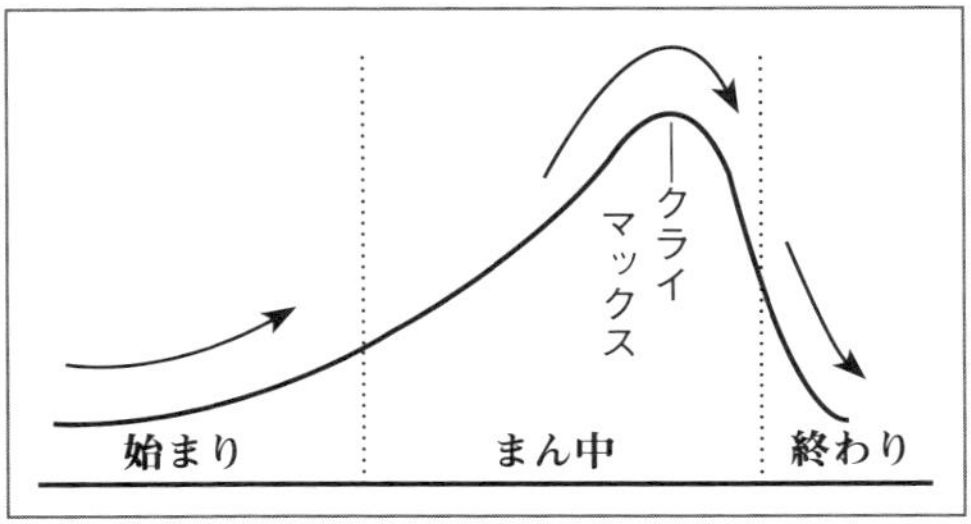

また結末でもうひとつ大事なことは、そこで物語が、出発したレベルに、きちんともどってくるということです。これは、別のいい方をすれば、さきに述べた、物語にはっきりした決着がつくということです。文章のおしまいに、句点のマルを記すように、物語の終わりにも、聞き手に、はっきりと、「これでおしまい！」という感じを与えるものがなければなりません。昔話には、きりなし話などの特殊な例を除いて、すべてこのはっきりした決着があります。ところが、子ども向けの創作の中には、子どもに考えさせようという目的からか、あるいは、結末に余韻をもたせたいという作者の希望からか、物事にはっきりした解決を与えないで終わるものがあります。

たとえば、おかあさんをさがしている子犬の話があったとして、

子犬は、どこまでもどこまでも歩いていきました。いつかおかあさんに会える日があるでしょうか?

と疑問を投げかけたまま終わったり、

その後、A町で子犬の姿を見かけたという人がいます。B町に、よく似た子犬がいたという話も聞きました。でも、子犬がついにおかあさんに、めぐりあったのかどうか、それを知っている人はだれもいません。

といったふうに、話をぼかしてしまったりするやり方です。こういう終わり方は、読む話としてはわるくないかもしれません。中には、こういう「未解決」の終わり方が生きる話

もあるし、場合によっては、解決した話より、もっと強い印象を読者に残すこともあり得ます。しかし、このような終わり方は、語る話としては、よくありません。ことに、聞き手が幼い子どもの場合は困ります。話が終わったことにならないからです。

子どもたちは、「それから?」という目つきで、語り手を見あげるでしょうし、語り手のほうでも、何かことばを加えなければ、自分自身その話から気持を離すことができなくなるでしょう。生身の聞き手がいて語る物語では、こういう宙ぶらりんの終わり方では、気持がおさまらないものです。語り終わり、聞き終わって、語り手、聞き手双方が、「ホーッ」と吐息をつくような、そういう「決定的な終結感」のある話がよいのです。

ところが、話の中では決着がついていても、それでは満足できないという話もあります。さきの子犬の例でいえば、

子犬は、どこからどこまでおかあさんをさがしてまわりました。けれども、とうとうおかあさんに会うことはできませんでした。

といった結末です。たしかに、話には、はっきりと決着がついています。しかし、子犬が母犬と会うことを願いつつ話を聞いていた聞き手は、容易にはこの結論をのむことができません。物語に決着はついても、聞き手の気持は、落着くべきところへ落着かないからです。現代の物語になれ親しんでいるおとなたちは、子ども向けの話、ことに昔話が、必ずといってよいほどハッピーエンドであること、そこに盛られたモラルが首尾一貫して勧善懲悪主義であることを、それが、まるでそれらの話の弱点であるかのようにいいます。

しかし、たとえわずかでも語る経験をもった者からいうと、話というものは、そのように終わらなくてはおさまらないのではないかと思うのです。そうでない終わり方をした場合、語り手の心にも、聞き手の心にも、何かがひっかかったまま残り、終わったという満足が得られないからです。

これについては、ひとつ興味深い体験をしました。インドの昔話「かしこすぎた大臣*」を語ったときのことです。この話には、ちょっと間の抜けた人のいい王さまと、欲の深いずるがしこい大臣が登場するのですが、終わり近く、その大臣が、自分のしかけたわなにはまって首をくくられるまでは、ぴったり話についてきた聞き手が、おしまいに王さま自身も首をくくられたとわかったとたん、一様に「承服できない」「そんなことがあってよいものか」といった顔つきを見せたのです。聞き手全体の一致したその反応の強さには、驚かされました。風刺のきいた話なので、その味が出るようできるだけ軽く、さらっと語ったつもりでしたが、それでも、子どもたちにはショックだったのでしょう。同じ話をおとなにしたときも、この〝冗談〟をカラッと笑いとばせない人がいることがわかりました。

イランの昔話「ちっちゃなゴキブリのべっぴんさん」*でも、ネズミのだんながスープのなべに落ちて死ぬところで、同じような反応が見られることがあります。話全体のこっけいな雰囲気にもかかわらず、聞き手がネズミのだんなを死なせたくないと思っていることが伝わってくるのです。この手の話をただ〝おもしろいお話〟として、笑ってたのしむには、聞き手の側に、ある種の成熟度が必要なのかもしれません。

聞き手を目の前において語ると、無言のうちに示される聞き手の意志は、はっきり感じとれるものです。語り手が気の弱い人だったら、あるいは即興的に物語をつくれる人なら、聞き手の意志のおもむくほうに話をすすめていくだろうと思うくらいです。古くからの語り手は、みな聞き手の意志、願望が生み出すこうした無言の圧力を感じとってきたにちがいありません。その結果が、昔話を貫いているハッピーエンドになり、勧善懲悪になったのです。人は、たとえ途中でどのようなことが起ころうとも、最後にはすべてよくなると信じたいのです。善い者が善い報いをうけ、悪い者が罰せられることを望んでいるのです。そうでないことが起こったら、どこか心の奥で納得できない思いを味わうのです。そのような非常に素朴で健全な倫理的感覚は、人間生得のものといってもよいのではないでしょうか。それは昔話を語りついできた昔の人たちばかりでなく、現在の聞き手の中にもたしかに存在することを感じます。語る物語には、人間の心の深いところに根ざした、そのような倫理的感覚、あるいは要求に、正面からこたえる結末が望まれます。

少ない登場人物

語るに向く話の条件として、次に考えなくてはならないのが、登場人物です。単純であるべきだという語る話の原則からいって、登場人物は、できるだけ数が少ないほうがいいことはおわかりでしょう。とくに、同じ場面に、同時に登場する人物が、多くなると、それを頭の中ではっきり区別して話をたどることは、聞き手にとっても、語り手にとってもむずかしくなります。たとえ数が多くても、それらの人物の年齢や性別、性格や立場が際立って違っている場合はよいでしょう。また、動物や、超自然的な存在の場合も、比較的区別しやすいと思います。しかし、それでも、話が会話で運ばれるとなると、語りに工夫がいります。この点、やはり昔話を見てみますと、登場人物の数が限られていること、また、数名以上に及ぶ場合でもそれぞれの人物が、はっきり他と区別できる外観、性質、名前を与えられていて、聞き手を混乱させないことがわかります。たいていの昔話では、同時に登場するのは、主人公に対してもうひとりという場合が多く、従って会話は一対一で運ばれます。そして、主人公以外の人物は、そのときそのときに必要な役割を果たすと、すぐ話の外へ出てしまいます。めずらしく登場人物の多いグリムの「六人男、世界をのし歩く」[*]にしても、五人の家来たちは、「力持」「狩人」「鼻ふき男」「走りや」「寒さをおこす男」と、それぞれ並外れた特徴をもつ人物ですし、主人公が、この家来たちに会うのもひとりずつ順番ですし、家来たちがその特徴を生かして活躍するのも、いれかわり立ちかわり一時にひとりずつになっています。ですから、聞いていて、だれがだれだかわからなくなる危険はありません。

このように、聞いていて、頭の中にくっきりその人物像を思い描くことができること、またその人物と人物との関係を容易に把握できることが、語るに向くお話の登場人物の条件です。その上、もうひとつ大事なことは、その中に、必ず、聞き手が一体化することのできる人物がいることです。そして、聞き手が子どもの場合、この人物は主人公でなければなりません。主人公に身を託して、主人公の出会う冒険をし、主人公が手にする成功の喜びを味わうことが、子どもたちのお話を聞くことのたのしみであり、意味なのですから。この点でも、昔話は、よいお手本を示してくれています。昔話は、必ず物語をおしすすめていく中心になる人物をもっており、その人物は、なんらかの点で、聞き手の気持をひきつけるようになっています。

「赤ずきん」*のように、子どもだから、またお使いを頼まれるからといった、人物や事柄の身近さが、ごく自然に聞き手を主人公に同化させることもあれば、「桃太郎」*のように、超自然的な要素や、英雄的な性格が、聞き手を主人公にひきつけることもあります。「シンデレラ」*をはじめとする多くの例では、主人公に対する同情や共感が、聞き手の心を主人公に結びつける働きをしますし、「一寸法師」*や「仕立てやのイトチカさんが王さまになった話」*などでは、風変りな、あるいは人並み外れた主人公が、聞き手の好奇心を刺激して、その運命に関心を抱かせます。

聞き手をひきつける要素がなんであれ、このように、聞き手の気持をしっかりととらえる主人公をもつ話は、語るのにたいへんらくです。聞き手が、主人公に寄せる関心から、自然に物語についてきてくれるからです。そのようにして、聞き手の側に「主人公の身になって」話を聞くという姿勢ができあがると、それをふまえて、物語もまた常に主人公の立場から語りすすめられなければなりません。このことが、次に述べる視点の問題です。

定まった視点

物語には、それが、だれの目から見て描かれているかという視点の問題があります。「赤ずきんが、森へ行って、オオカミに出会った」というのは、赤ずきんの立場から見た出来事であり、同じこともオオカミの立場からすれば、「何か食べるものはないかと思っているところへ、うまそうな女の子がやってきた」ということになるでしょう。わたしが物語の視点というのは、この立場のことです。ところで、単純であることをその必須の条件にする〝語るための〟物語においては、この視点が、始めから終わりまで、一貫して変わらないことが肝要です。そして、すでに述べたように、聞き手は、必ずといってよいほど主人公のいる場所に身を置いているものなので、物語も、終始主人公の立場から語られることが望ましいのです。昔話では、この原則は、きちんと守られています。しかし、近代小説では、昔話のように、何が起こったという事件だけを描くのでなく、その事件の渦中にある人物が、そのことをどう思ったか、それについてどんな感情を抱いていたかということのほうにむしろ関心を寄せているので、同じ事件にかかわっているふたり、あるいはそれ以上の人物の心の中の動きを、それぞれの立場から描いて見せることがよくあります。いわば、読者に、事件の心理的鳥瞰図を読みとらせようとするわけです。そうなると、視点が途中で変わったり、同時にふたつ以上の視点から物語が語られたりすることは、むしろふつうのことになります。

これは読まれることを前提とした小説の場合は、なかなかおもしろいし、効果的でもあるのですが、耳で聞くお話の場合は、そうはいきません。何度もいうように、耳で聞いているときは、頭が単純になるからでしょうか、聞くときは読むときに比べて、より強い、完全な主人公との一体化が起こるからでしょうか、実際に聞いていますと、たとえ細かい点でも、視点を変えた語り方をされると、今まですわっていた席を急に立って、あわてて向きを変えて、別の席にすわりなおさなければならないような戸惑いと不愉快を感じます。

たとえば、ある話を聞いていたとき、男の子が鬼に追われて逃げる場面で、突然「男の子の姿が豆粒ほどに見えた」といわれて、「おや?」と思ったことがあります。「男の子が豆粒ほどに見える」のは、追っ手である鬼の見方です。聞き手は、いつの場合も主人公と一体になっていますから、このときも、男の子の身になって、鬼が背後に迫るのを感じつつ話を聞いています。そこへ、急に鬼の側に視点を移したような表現が出てきたのですから、戸惑うのも無理はありません。これは、映画などでよく用いられる手法だといってよいと思いますが、映像と違ってことばの世界では、このような視点の移動は、前後をよほど工夫しないと、連続性がなくなって、聞き手を混乱させる結果に終わります。実際聞いてみればわかりますが、この場面のようにつかまるか、逃げきれるか、といった緊迫した場面では、追われる身から追う身へ視点を移すことは、大いにその緊迫感をそぎます。追いつ追われつといった場面には限りません。一般に、視点を変えた描写がはいってくると、全体の状況はよくわかるようになるかもしれませんが、ストーリー（事件の動き）の緊迫感は弱められます。また、ひとつの出来事を立場を変えて見たり、ふたつ以上の視点から語ったりすることは、聞き手に、知らず知らずのうちに第三者的な立場をとらせることにもなります。主人公と一体化して、そのたどる運命、遭遇する冒険を、聞き手もそのときそのとき直接に味わうのが、〝語りもの〟のおもしろみでしょうから、語るための物語は、ひとつの視点を保ち、単純、直截に出来事を追っていくものがよいのです。

時の流れ

語るお話では、視点が一定であることと同時に、時の流れが一定していることも大切です。起こったことは、その順序に従って語られなければならない。さきにあったことはさきに、あとで起こったことはあとに語られなければいけないということです。

映画では、回想場面といって、ある時点から急に過去へとさかのぼって、昔あったことを物語の流れの中に組みこむことがあります。メークアップを上手に使って主人公の年齢を感じさせたり、背景に工夫をこらしたりしてつくり出されるこうした場面は、映像の場合、時間のへだたりをもつふたつの場面を重ね合わせることによって、興味深い効果を生み出します。

小説でも、時間の枠を自由にとびこえることはよくあります。ある出来事に出会った作中人物が、それをきっかけに以前に自分が経験した別の出来事を思い出すとか、ときによっては、それに父や母の身の上に起こった出来事を重ね合わせるということもします。このように、時間の束縛の下に暮らしている人間の目からでなく、それを超えたところから、ものごとを見る。そのこと自体が、小説を読むおもしろさのひとつであろうと思います。

しかし、耳で聞く場合には、時間的に複雑な構成の物語は、なかなか受けいれられません。とくに、時間の逆行は、聞き手の側に強い抵抗を起こします。逆行とはいったん起こったことを、それが起こらなかった時点にひきもどすことですが、これは、わたしたちがうろおぼえの話をしていて、さきに話すべきことを忘れ、あとから「ああ、そうそうその前にこういうことがあったの」といった話し方をすると、どんなに聞き手の興をそぐかを思い出してみてもわかると思います。あることをいってしまってから、それを打ち消したり、実はその前にこういうことがあったのだといったりすると、聞き手は、物語を聞きながらすでに頭の中につくりあげてしまったイメージがあるので、すぐにはそれを消し去ることができず、結局、頭の中がごたごたしてしまうのだと思います。

このことは、お話の中のごく小さい場面を例にとって考えてみてもわかります。たとえば、ある人が夜、ひとりで一軒家に寝ていた。すると、突然、表の戸をたたく音がした。「だれだ！」と、大声で聞こうとしたが、おそろしくて、声が出なかった。という場面があったとしましょう。もし、ここで語り手が、「だれだ！」というところを、ほんとうに大声を出していってしまったとしたらどうでしょう。そのあとで、実はいえなかったのだと語っても、聞き手の耳には、「だれだ！」という大声が、まだひびいているはずです。ですから、聞き手は、一方でその残響を聞きつつ、同時に一方で、それはなかったことと思いこまなければいけないわけです。聞き手にとって、これは、非常に不自然な作業を強いられることになるということはおわかりでしょう。

これは、ごく限られた一場面の例ですが、お話の主要な部分について、このようなあともどりがひんぱんに行われたとしたら、聞き手は、イメージをつくりあげては、急いでそれを消す、ということをくりかえさなければならなくなり、遂には、話の進展に寄せる興味も失せてしまう、ということになると思います。

語るためのお話は、ものごとが起こった順序どおりに、いつも同じ方向に向かって時が流れていく、つまり過去から現在の方向へすすんでいくように語られなければなりません。

このことに関連して、ひとつつけ加えておきますが、話の中にまた話がある、つまりひとつのストーリーがあって、その中に登場するある人物が、同じく話に登場する別の人物に対して物語を語って聞かせるといった構造になっている話は、語るには不向きです。なぜそうなのかは、これまでに述べてきたところから、容易に理解していただけるでしょう。ハウフの『隊商』*や、『チベットのものいう鳥』*のように、大きな枠組の中に、いくつかの物語が組みこまれており、それぞれが独立し、それ自体で完結した物語であるものを、連続のお話会などで、一回にひとつずつ語っていく、というのなら問題はありません。しかし、一回で語る話の中に、別の話がはいってくるのは、聞き手を混乱させます。正の話に対して、副の話が、はっきりそれとわかるバランスをもって語られており、しかも、副の話の内容が、すぐ正の話の事件の中へくりこまれていくということならよいのですが（たとえば、「ドシュマンとドゥースト」*）、副の話が長く、それだけでもおもしろい話で、しかも、正のストーリーと必然的なかかわりがないというような場合は、なんの話を聞いていたのか、はじめの話と、次の話の関係はどうなっているのか、わからなくなってしまうからです。長編小説などでよく見られる、メインプロットとサブプロットが同時に進行し、クライマックス近くで、意外なところから、このふたつの物語の流れが合流する、といった手法も、語りの場合は用いることができません。語る物語は、何よりも、単純であることが大事なのです。

絵になること

物語が、位置的にも時間的にも一定の点から語られなければならないことと同様、耳で聞くお話として、もうひとつあげておかなければならない条件は、絵になって見えることです。とくに、幼い子どものためのお話では、このことは、非常に大事です。登場人物や、背景、そこで起こる出来事などが、ひとつひとつくっきりした絵になって、聞き手に見えてくること、またその絵が刻々と変化することが、聞き手を話にひきつけておくために欠かせない条件なのです。これは、ひとつには、扱う事柄の問題です。つまり、絵になるもの、目に見えることを扱った物語がよいということです。ふとったねずみとやせたねずみがすもうをとっているところ（「ねずみのすもう」*）や、鬼どもの歌に合わせて、ひたいにこぶをつけたじいさまが、踊る様子（「こぶじいさま」*）などは、耳で聞いたそのままをすぐ絵にして心に思い浮かべることができます。こういう話は、語りやすいし、また聞き手を容易にひきつけることができるものです。

逆に、絵にならないもの、見えないこととはなんでしょう。まず考えられるのが、人の気持や、心の動きです。人がどこへ出かけた、だれに会った、何をした、ということは、外からでも見えることです。しかし、その人がなぜそうしたのか、そのときどんなことを感じたか、ということは、目には見えません。行為は見えるけれど、動機やそのときの心理状態は、目に見えないのです。わたしたちは、ときどき人の心の動きを見ることができたと思うことがありますが、それは、その人の表情や、行動を見、その人のことばを聞いてのことであって、そうした外に表われたものを一切抜きにしては、実際には、人の心理を見ることはできません。

しかし、わたしたちは、だれでも人の心の中で起こることについては、大きな興味をもっていますから、近代的な文学作品では、外からでも見える行為よりは、むしろ心の動きそのものを追うようになりました。いわゆる心理描写といわれるものです。ところが、この心理描写は、語りの中で用いられると、聞き手をひきつけておくことができません。幼い子の場合は、経験が少ないため、心理描写の際、必然的に作者がとる分析的なものの見方についていけないということがあるでしょう。しかし、それだけではありません。おとなの聞き手の場合でも、心理描写のところへくると、集中の度が落ちて、気分がだれるものです。話を聞いているとき、聞き手の気持は、物語の先へ先へと向かっていくものですが、心理描写は、その気持の流れをせきとめるばかりか、主人公と一体化して、その気持になっている聞き手にとっては、気持自体を描写――説明したり、解釈したり――されては、わずらわしい気がするものだからです。従って、心の動きそのものを描くことを目的にした作品は、語るには向きません。

マリー・シェドロックは、*The Art of the Story-teller*[7]の中の、話を選ぶ際に避けなければならない要素を論じた章の中で、まず第一に、「動機や感情の分析を扱ったもの」をあげています。シェドロックが、この本を著したのは、一九一五年ですが、このとき、彼女は、「現代」が、いかに「内省と分析」癖に冒された時代であるかを述べ、人生経験も少なく、人間の心理についての知識にも欠ける子どもが行う内省や分析は、不十分で間違ったものになる危険が多いことを指摘し、わたしたちは、こうした傾向を助長しないよう努めなければならないと主張しています。

ここでは、シェドロックは、いわばひとつの教育的配慮から、内省、分析癖を避けるよう訴えているわけですが、豊かな語りの経験をもつシェドロックは、もとより実際問題としてこの種の話が聞き手に「受けない」ことを知っていたにちがいありません。語り、聞くことによってその生命を保ってきた昔話が、一貫して心の内部にふみこむことを避け、常に目に見える、具体的な事柄で話をつくりあげていっている事実を見れば、「絵になること」が、語る話の条件であることは、はっきりとわかることです。

人の心理以外にも、目に見えないことはあります。抽象的な考えが、それです。

たとえば、数学。これは、耳で聞いたのでは非常にわかりにくいもののひとつではないでしょうか。たまに、別の番組を聞こうとしてスイッチをいれたラジオから、通信高校講座の数学が流れてくることがありますが、わたしなど、同じ日本語でも、こんなにわからないものもあるのかなと感心して、しばし聞きほれてしまうことがあります。こういうものが、耳から聞いただけではわかりにくいひとつの理由は、「聞く」ことと、「考える」ことを、同時にするのはなかなかむずかしいからでしょう。考えるには時間が必要です。あなって、こうなってと頭の中で筋道をたて、よくわかって納得するためには、その人なりの時間がかかるのです。しかし、講師の説明は、間断なくつづきますから、聞き手が考える道筋やスピードと講師のそれがぴったり一致すればともかく、そうでなければ、聞き手は講師の説く考えの筋道から落伍してしまい、その結果わからなくなってしまうのだと思います。

しかし、もうひとつ、もっと大きな理由は、内容が絵にならないからではないでしょうか。幾何では、図を正しく描ければ、問題はもう半分解けたようなものだ、と先生からいつもいわれていたものですが、ここでも「絵にする」ことは、「理解する」ことにつながるのです。だから逆に、絵にならないことは、わかりにくい。とくに、耳で聞いて、その場ですぐ理解しなければいけないとなると、むずかしいということになるのです。

抽象的で、絵にならないといえば、たとえば、こんな例はどうでしょう。

何となれば、あらゆる学問は人間的智慧（humana sapientia）にほかならず、このものはいかに異なった事象に向けられても常に同一であることを失わず、またそれら事象から差別を受けとらぬことあたかも太陽がその照らす事物の多様から何の差別も受けとらぬのと同じである以上、精神を何らかの限界に閉じ込める必要はないのであり、事実、一つの真理の認識は、一技術の練習が他の技術の獲得を妨げるように、他の真理の発見を妨げることがなく、むしろかえって助けるのだからである。[8]

こういう極度に抽象的な内容をもつものは、耳で聞くだけではだめで、どうしても目で読まなければならない性質のものだということが、容易におわかりいただけると思います。

もちろん、わたしたちは数学や哲学を子どもに語るわけではありません。しかし、ある種の物語——とくに、宗教的な主題をもったものなど——には、全体に抽象的な描き方をしてあるものがあるので、選ぶ際に気をつけなければなりません。主題が抽象的であるのはいいのですが、表現までが抽象的なのは困ります。このことについては、もう一度ふれたいと思いますが、耳で聞く物語は、目に見えない抽象的なレベルでなく、絵になる具体的なレベルで語られるのでなければ、聞き手に受けいれられません。このことは、宗教的な講話や、説教でも、聴衆によく理解してもらうためには、たとえ話を用いることを思い起こしてみれば、よくわかると思います。

動きがあること

語られることが、ひとつひとつくっきりと絵になるだけではありません。その絵が動くことも語る話としての大事な条件です。「ホットケーキ」*、あるいは「おだんごぱん」*「かたやきパン*」という題で知られている話のように、主人公がころころころがって次から次へと話がすすむのは、いちばんわかりやすい例でしょう。しかし、それ以外の話でも、子どもたちに喜ばれる話の内容をよく検討してみると、どれも適度の動きがあることがわかります。(動きというのは、何も「おだんごぱん」のように、ものがころがったり、走ったりといった物理的な動きだけをさすわけではありません。場面の変化、状況の変化、事件の新たな展開なども、動きの中に含めてよいでしょう。しかし、聞き手が幼ければ幼いほど、動きは物理的なものでなければなりません。)主人公が、自分の運を見つけるために、広い世の中へ出ていくという話は、数多くありますが、旅は、そのまま冒険を意味し、冒険は、物語の中で、聞き手の注意をひく最大の要素です。そして、主人公が動かない冒険はあり得ません。実際、たとえば「七羽のからす*」などを話しますと、後半から急に聞き手が話に集中してくるのがわかります。事情の説明である前半と違い、後半は、主人公である女の子が旅に出、数々のふしぎに出会うからです。

反対に、話の中で聞き手がだれるところは、よく見てみると、そこは、なんらかの説明であったり、登場人物の思いいれがあったりして、動きが止まっていることがわかります。

もちろん、物語には、緩急のリズムが必要で、始めから終わりまでめまぐるしく動く物語は、聞き手を疲れさせます。しかし、動きのない物語は、語り、聞くよりは、むしろ読むためのもの。語りの芸術は、音楽や演劇と同じく、時間芸術ですから、ものごとが動いていくことに、本質的なおもしろさがあるのだと思います。

三、ことばの問題

さて、以上、語るに向く話の条件をいくつか考えてきました。

物語にはっきりした筋があり、それが単刀直入にはじまり、緊密に展開し、満足のいく結末をもって終わること、登場人物は、イメージが描きやすく、物語を語る視点や、時の流れが終始一貫変わらないこと、ひとつひとつの場面が、くっきりと絵になり、動きがあること。要するに、聞いていてわかりやすく、しかも、聞き手の興味を先へ先へとひっぱっていくようなものであること、といっていいでしょう。そして、くりかえし述べたように、これらの諸条件を貫くいちばん基本的な条件は、「単純であること」です。

ところで、ここにあげた条件は、ほとんどが物語の構成＝話の骨組に関することでした。もうひとつ、お話で大切なのは、表現＝ことばです。お話は、ことばで語られ、ことばによって聞き手に伝えられるものだからです。

同じしっかりした構成をもった物語でも、それを表現することばが適切なものでなかったら、聞き手の受けとるイメージは、ずいぶん違ったものになってきます。このことは、同じ話の、違う再話を読み比べ、聞き比べてみたことのある人にはよくおわかりのことと思います。お話では、語り手にとっても聞き手にとっても、頼れるのはことばだけなのですから、そのことばはよく吟味しなければなりません。語る話では、ことばはどうあるべきか、お話のことばの条件についても考えてみましょう。

簡潔であること

お話のことばについても、やはりいちばん大事な条件は、「単純であること」です。これは、ことばの場合、「簡潔であること」といいかえてもよいと思いますが、要するに、必要なことが、できるだけ数少ないことばで、順序よく語られているということです。

ふだんの生活でも、わたしたちは、子どもに話しかけるとき、ややもすると、ことばを重ねてくどくど説明したがる傾向があります。わかってもらいたいという熱意や親切心が、お話を語る際に発揮されると、ことばは、簡潔であることから、どんどん離れていってしまいます。この傾向は、とくに保育者の間に多く見られるようですが、形容詞を重ねて使ったり、いったん述べたことを、二度、三度とくりかえしたり、会話を使ってなぞったり……といったことが、まるで幼い子に話をするためのテクニックの一部であるかのように行われています。

たとえば、「高い山」「深い谷」といえばいいところを、高い高い山、深い深い谷、とことばを重ねる。しかも、「たかーいたかい」「ふかーいふかい」というふうにアクセントをつけるといったことです。強調したい箇所だけに限るならよいのですが、出てくる形容詞すべてを、このように重ねて用いると、文全体の調子は、しまりのないものになってしまいます。また、ふつうの表現では意が尽せない気がするのか、「とっても」大きな川とか「ものすごく」こわい顔とかいうように、形容詞にいつも強意の副詞をかぶせて使う傾向も見られます。こうしたことも、ことば本来の力を弱め、話を甘ったるいものにしてしまいます。ここぞと思うところにだけ用いなければ、強意のことばも強意の役を果たさないでしよう。

「その日は、よいお天気でした」といってから、さらに、登場人物に、「『○○ちゃん、いいお天気だね』『うん、△△ちゃん、ほんとにいいお天気だね』」といわせたりすることも、幼児向けのお話によくある例ですが、「よいお天気」ということばを三回くりかえしたからといって、印象が三倍強くなるわけではありません。かえって、最初のことばの印象は弱められ、なくもがなの会話が、話をだらけさせてしまいます。

わたしたちが、お話をするとき、このようにことば数を多くして、一度述べたことをまたその上からなぞるといった話し方をいつもしていたらどうなるでしょう。聞き手の子どもたちは、数多く発せられることばのうち、意味のあるものはごく少数だということを悟って、次第に余分のことばを聞き流すくせを身につけてしまうのではないでしょうか。よく、お話をはじめたばかりの方から、お話のことばは、きちんとおぼえなくてはいけないかと質問されますが、それに対して、わたしが、できるだけおぼえたほうがよい、ことに、最初の二つ、三つのお話は、しっかりことばを頭にいれたほうがよいとこたえるのは、このことがあるからです。話しことばのふだんの訓練が足りないからでしょう。わたしたちが、準備なしにいきなり話した場合、出てくることばは、なかなか簡潔というわけにはいきません。ずいぶんあいまいな、無駄の多いことばを使って話すことになると思います。しかも、思っていることがうまく表現できないと焦れば焦るほど、無駄なことばを重ねる結果になります。テキストを吟味して、無駄のないことばづかいで書かれているものを選び、できるだけそのとおりおぼえることは、話をしまりのある、耳で聞いて快いものにするばかりでなく、わたしたちのふだんの話しことばをよくすることにもつながっていくと思います。

簡潔なことばづかいは、聞き手の頭にすっと通ってわかりやすいばかりでなく、聞き手の集中力を高めます。無駄なことばを使わないということは、使われたことばのひとつひとつに、そのことばならではの役割が課せられているということですから、聞き手は、自然、一語も聞きのがさないよう緊張して聞くようになります。その結果、無駄のないことばで語られるお話に親しんだ子どもは、知らず知らずのうちに、聞く態度もよくなり、ことばに対する感覚も養われていくのだと思います。

また、ことば数を節約した、簡潔な表現は、ことさら美しさとか、調子のよさとかを追求していなくても、それだけで、きりっとひきしまった感じを与えるものですし、細かい枝葉のない文章は、積み重ねていけば、おのずと耳に快いひびきをもつようになるものです。これを語ってみようかなと思うお話を見つけたら、そのお話のことばにも注意を向けてください。

短い文

ことばが簡潔であることのひとつの表われは、文章が短いということです。目でものを読んでいるときは、どんなに長い文章でも、ただ行から行へ目を移していきさえすればよいので、読めないということはありません。しかし、声に出して語るとなると、そうはいきません。わかりきったことですが、わたしたちは、息を使って声を出します。そして、個人によって肺活量に差はあるものの、わたしたちが一息で出せる声の長さはだいたい決まっており、従って、息つぎをせずに無理なく語れる文章の長さもおのずと決まっていま す。お話の文章は、この自然の呼吸に逆らわない長さを保っていなければなりません。この判断は、別にむずかしいことではありません。声に出して読んでみれば、すぐにわかることです。らくに読めて、文の終わりで自然に息つぎができるようだといいのです。文の途中で息切れがしたり、意味上の区切りと、文章の区切りが食い違っていたりするときは、語るための文章としては問題があると考えてよいでしょう。そういう場合は文章の手直しが必要です。

語り手がらくに話せる長さは、聞き手にとっても受けとめやすい長さといっていいでしょう。文章が短くなければいけないのは、何も語り手の呼吸の問題だけではありません。聞き手のためでもあるのです。

お話を語っているとき、わたしはよく、「はい、これ」「次は、これ」「それから、これ」と、まるで積木か何かのように、ことばをひとつずつ相手に手わたしているという感じをもちます。聞き手はそれを受けとって、めいめい、自分のイメージをつくりあげていくのです。――ちょうど、「三びきの子ブタ」*でレンガをもらった子ブタが、それを材料にして家を建てたように。子ブタと違って、お話の聞き手は、材料を一回に全部まとめてはもらいません。少しずつ受けとるのです――それも「これは土台に」「これは柱に」と一々指示されながら。つまり、もし、話をつくりあげているひとつひとつのことばをレンガに見立てると、語り手は、聞き手がさし出した両手の中に、話の材料であるレンガをひとつずつ置いていく。聞き手は、語り手がひとつの文を語り終えるまで、そのレンガをもちこたえていて、区切りにきたら、語り手が息つぎをしている間に、そのレンガをしかるべき場所にすえる。こうして、少しずつレンガを受けとっては積んでいって、自分の家（物語のイメージ）を築きあげていく……という具合になるのだと思います。

この場合、聞き手は文の終わりにくるまで、受けとった材料（ことば）を下におろすことはできません。ですから、なかなか終わりのこない文章、つまり長い文は、それだけ聞き手にとって負担になるわけです。文章が長く、しかも、いくつもの違った事柄がそこに盛りこまれているといった場合は、いわば、聞き手にいくつものレンガをもたせることになりますから、ある限度を超えると、聞き手は、それをもちこたえることができなくなる。つまり、頭の中できちんとことばを追って話をたどることができなくなってしまうのです。「三びきの子ブタ」を例にとったので、その冒頭の部分を見てみましょう。

たとえば、

むかし、あるところに、一ぴきの雌ブタが住んでいました。雌ブタには、三びきの子ブタがおりましたが、子どもたちに食べさせるほど、たくさんの食べ物がありません。そこで、雌ブタは、自分ではたらいて食べていきなさい、といって、子どもたちを世の中へ出してやりました。

というのと、

むかし、あるところに、子ブタを三匹もっているおかあさんブタがいたけれども、みんなに食べさせるほどたくさん食べものがなかったので、おまえたちは自分で働いて食べていくようにといって、子ブタを世の中へ送り出しました。

というのを比べてみると、どうでしょう。(このとき、目で読まずに、耳で聞いて判断してください。)

最初の文では、①雌ブタがいたこと、②子ブタがいたこと、③食べものが十分になかったこと、④子ブタを世の中へ出したこと、の四つの情報を、それぞれひとつずつ、順々に聞き手に手わたしています。それに対して、あとのほうは、この四つを全部ひとつの文にしています。つまりさきの文では、語り手から聞き手へレンガがひとつずつわたされ、聞き手は、その都度、それを下におろすことができたのに、あとのほうでは、語り手は聞き手に次々とレンガをわたし、レンガが四つになるまでそれを下へおろす機会を聞き手に与えないという形になっています。語りの調子よさやなめらかさは別として、聞いていてどちらがらくに頭にはいるかという点からいえば、最初の文のほうがいいのではないでしょうか。耳で聞くお話にとって、この「らくに頭にはいる」ということは、とても大事なことだと思います。

ついでにいえば、あとの例のように、ひとつの文に多くの情報を盛りこんだ場合、いちばんおしまいにくるものが、いちばん強く聞き手に印象づけられるのがふつうです。従って、この場合も、④の子ブタを世の中へ出したということが、あとに残り、はじめの三つは、ややかすんでしまいます。しかし、これが話の冒頭だということを考えると、物語全体を設定するこれら四つの情報は、どれもしっかり聞き手の心に刻まれる必要があります。その点からいっても、ひとつひとつの情報を念押しするように区切って伝えるさきの文のほうが、物語の始まりとしては適しているといえましょう。

もちろん、語るための文章は、ただ短く切れていればよいというものではありません。文の長さは、そこに盛りこまれている内容に合っていなければなりませんし、ひとつひとつの文でなく、それがつながったときの調子、流れも問題にしなければなりません。あまりに短く切りすぎると、かえって意味が通りにくくなることもあります。しかし、原則としては、お話の文章は、短いほうがいい。そのほうが、語り手にも聞き手にも負担をかけない、といえそうです。

わかりやすさ

ところで、聞き手に負担をかけないということは、別のことばでいえば、わかりやすさということです。そして、わかりやすさを中心に考えれば、それはただ文の長短の問題だけではないことがわかります。長くてもわかりやすい文もあるし、短くても難解な文もあるからです。文章のわかりやすさ、ことに耳で聞いた場合のわかりやすさについては、いろいろな問題が考えられます。

たとえば、具体的なことはわかりやすく、抽象的な表現はわかりにくい、ということがあります。抽象的な事柄を扱った話、心理描写を中心にした物語などが、語る話として不向きであることは、すでに第二章で述べましたが、同じことは、個々の文章やことばについてもいえることです。同じ状況を描写するにも、「悲しみが町を支配していた」というよりは、「町の家々は、みな戸をとざし、人々は、家の中で泣いていた」というほうがわかりやすい。つまり、受け手が、それらのことばから、具体的なイメージを描きやすい文ほどわかりやすいといえるでしょう。幸い、物語の文章には、抽象的な表現はそれほど出てきません。ことに伝承的な物語——昔話や伝説など——には、めったに出てこないといっていいでしょう。しかし、創作の物語には、「悲しみが町を支配した」式の表現が見られるものもあります。全体がそのような表現で綴られている話は、語る話としてはむずかしいことを心得るべきでしょう。

　文章のわかりやすさには、日本語特有の問題もまじっています。たとえば、漢語とやまとことばの問題。漢語は、かたい感じで物語になじまないばかりでなく、同音異義語が多くて、耳で聞く場合、間違いやすいということがあります。それからまた、日本語では、肝心の述語が文のおしまいにくるので、最後まで聞かないとわからないといった問題があります。この問題については、金田一春彦さんが、『日本語の表現』(9)という論文の中で、おもしろい例をいくつも引いて、ユーモラスに論じています。駅のアナウンスで、「この列車は、○○、○○……」と駅名をたくさんあげてきて、おしまいに「には止まりません」で終わるかと思うと「……以外には止まりません」で終わる場合もあり、乗客を混乱させる、などという例ですが、お話の中で、このたぐいのことが何度も起こったのではたいへんです。

しかし、こうした日本語そのもののもつ問題については、昨今、多くの本が出ていますから、それをお読みになってください。お話を語っていると、自然にことばに関心をもつようになりますから、こうした本は、どれも興味深く読めると思います。耳で聞いたときのわかりやすさということを考える上では、前記の『日本語の表現』(9)や『悪文』(10)などが、とくに参考になると思います。

聞き手の心に沿う

ことばの使い方の、もっと基本的な、あるいはもっと細かい点については、そのことを専門的に扱った他の本にゆずるとして、ここで、ひとつ、ふたつ、とくにわたしが気にかけている点についてふれておきます。そのひとつは、聞き手の考えの流れと、文の語順の合致の問題です。このことは、わたしが、数多くのお話を聞いているうちに気づいたことなのですが、このことにとくに強い関心を抱いたのは、わたしが、一方で、語るためのお話を訳すという仕事をしてきたせいかもしれません。というのは、これは、翻訳されたお話によく出てくることだからです。もっと簡単にいってしまえば、これは、英語やその他のことばにある関係代名詞を用いた文章を日本語におきかえる際に生じる問題なのです。

たとえば、Once there was a woman who had three sons. という文章があったとしましょう。ほとんどの昔話が、こういう形ではじまるといっていいほど、よくある文ですが、これが日本語になると、たいてい「昔、あるところに、三人の息子をもった女がいました」というふうになっています。もし、この物語の主人公が「女」であって、このあと「あるとき、その女が町へ出かけると……」というふうに文章がつづいていくのであればよいのですが、ふつうの話は、三人の息子の冒険談として展開し、あとにつづく文章では、息子の描写が出てくることが多いのです——「上の息子はりこう者、中の息子は力もち、それに比べて末の息子は、ろくろく口もきかぬばか者でした」というふうに。
そうなると、最初の文章とのつながりはよくありません。第二章で、くさりのような展開ということをいいましたが、これでは、くさりがきちっとかみ合いません。ここは、

むかし、あるところに、ひとりの女がいて、その人に三人の息子がありました。
上の息子は……

とつづいてほしいところです。それが、自然の順序というものだろうと思います。ところが、翻訳された物語には、この種の、順序が逆になった表現が数多く出てきます。右にあげた例などは、たとえ逆になっていても、聞き手にそれほどの混乱を与えませんが、修飾語の多い、もっと複雑な文章などでは、たいへんな混乱をひきおこします。語られた順にことばを受けとめてはイメージにしていくという作業をくりかえしている聞き手にとっては、ことばが出てくる順序は、文の理解に大きく作用するからです。

英語では、ひとりの男が歩いていた。その男の肩にはオウムがとまっていた。そのオウムの頭は金色だった。というのを、関係代名詞を使って、このままの順序で、ひとつの文章にすることができます。ところが、もし、これが訳されて、「金色の頭をしたオウムを肩にのせた男が歩いていた」という文章になったらどうでしょう。少なくとも、男ということばにいきつくまで、聞き手は、この文がどうおさまるのか予想できず、不安定な気分でいなければなりません。もし、これに、少しずつ修飾語がついて、A「王さま／の冠のような金色の羽／を頭に生やしたオウム／をみすぼらしい、ねずみ色の服／の肩にのせた男／が、田舎の道を、ゆっくりと歩いていた」ということになると、不安定の度はさらに強まって、聞いている者は、頭の中をひっかきまわされるような気がするにちがいありません。

なぜ、頭の中をひっかきまわされるような気がするか、といえば、このような文章は、ことばを聞いているとき、わたしたちの頭の中に起こる考えの自然な流れに逆らうからだと思います。

わたしたちは、ひとつのことばを聞くと、その瞬間、もうそのことばの先を、ほとんど無意識のうちに予想するものです。「たいこ」ということばを聞けば、「打つ」「鳴る」「ひびく」、あるいは「音」ということばが、「花」といえば、「咲く」とか「匂う」とかいうことばが、すぐ頭の中に用意されます。

ひとつひとつのことばのレベルでも、文章のレベルでも、あるいは、もっと長く、物語の一節、一節のレベルでも、わたしたちは、漠然とながら、ある予想をたてて、次のことば、次の情報がくるのを待ちうけています。お話が語られるとき、ことばは、語り手の口から次々と流れ出てきます。ひとつのことばと、その次のことばの間には、一秒の何分の一かしか時間のへだたりはないわけですが、その間にも、頭はめまぐるしく動いて、たえず、その先にくるものを予想しているのです。そして、語られたことばを、その文脈につなげて、それが納得のいく形でつながったら、わかったということになるのだと思います。

文章がわかりやすいというのは、ですから、文章を聞いているとき、聞き手の頭の中で刻々と予想されている、その文章の先行きに沿って、実際の文が展開していく場合をいうのだといってよいと思います。さきにあげたAの例で、区切りの位置で、ことばが止まったとしたら、どうなるかを考えてみてください。その瞬間、頭の中ではどんなイメージができつつあるか、それがその後につづくことばによってどう修正されていくかを考えてみてください。「王さま」から「冠」へは比較的らくにつながりますが、その延長上に「男」を予想することは、とてもできません。「羽」から「オウム」への道はつけやすいが、「オウム」から「男」への道は、ふつうではちょっとつけられません。この文章を耳で聞いている聞き手は、文章の落着く方向をなかなか予想できない。しかも、ことばが、思いもかけぬ方向へつながっていくので、予想を打ち消し、訂正しという作業をくりかえしながら、文を追っていかなければならないことになります。

この文が、逆に、B「田舎の道を、ひとりの男がゆっくりと歩いていた。男は、みすぼらしい、ねずみ色の服を着て、肩の上に、オウムを一羽とまらせていた。そのオウムの頭のてっぺんには、王さまの冠のような金色の羽が生えていた」という順序で書かれていたとすると、どうでしょう。どこで、語り手がことばを止めても、そのとき聞き手の頭の中に予想される文の先行きと、実際の文の間に、それほどの差はないはずです。「道」を思い浮かべたら、次にはそこを通っている人、あるいはそこに落ちているものを思うのは自然ですし、道をゆく男が、「みすぼらしい」といえば「服」へ、「肩の上に」といえば、荷物か、それに類するものへとイメージがつながっていくでしょう。「頭のてっぺん」から「王さまの冠」までのへだたりは、「王さま」から「オウム」までのへだたりに比べれば、なも同然です。それが、この文章のわかりやすさのカギだと思います。無意識に先を予想しつつ語られることばを聞いている聞き手が、ことばとことばの間で、たえず行わなければならないイメージの修正作業。その修正の幅が小さければ小さいほど、その文章はわかりやすく、大きければ大きいほどわかりにくいといえるでしょう。

この意味での文章のわかりやすさは、もちろん読む文章にも求められなければなりません。しかし、耳で聞く文章、つまりお話のことばの場合、この点をとくに強調しなければならないと思います。なぜなら、語りのことばは、時間的に流れていくものだからです。文を目で読んでいるときは、今読んでいる箇所の、前後数行は、なんとなく視野にはいっているものです。「王さまの」と読んでいるとき、すでに「オウム」とか「男」という字が、それとなく意識の中にはいっていて、その間をつなぐ目に見えない線が頭の中にひかれる、ということがあるのかもしれません。しかし、聞き手は、その瞬間、その瞬間、語り手の口から出ることばに頼るしかないのです。その上、同じところをくりかえして読むことも、ちょっと止まって考えることもゆるされません。ですから、語りことばには、読む文章よりも、いっそうわかりやすさを求めなければならないと、わたしは思います。

ところが、残念ながら、「金色のオウムを肩にのせた男」式の文章は、翻訳のお話の中によく出てきます。そして、ほんのちょっとした、この種のわかりにくさが積み重なって、ストーリーとしてはおもしろい物語を、なんとなく落着きのわるい、しっくりしないものにしている場合がしばしばあります。ここで注意しておきたいのは、英語なら英語のもとの文章では、ことばは、オウム↓肩↓男の順に出てきてはいないということです。もとの文章では、ちゃんと男↓肩↓オウムの順になっているのです。前にあげた例でも、英語では、女↓息子の順で、息子↓女の順ではありません。そして、これは自然の理にかなったことではありませんか。もし、わたしたちがオウムを肩にのせて歩いている男を見たとしたら、最初、アッ、だれか歩いていると思い、それが男だとわかり、その男の肩に鳥がとまっているのに気づく。それが、ふつうの目の動きではないでしょうか。Bの文章がわかりやすいのは、こうした目の自然の動きに、ことばの流れが合っていることからもきていると思います。何度もいうようですが、お話では、聞き手は、ほんとうに一語、一語、語り手が語ることばを、その順序どおり受けとって、話を追っていくのです。ですから、ことばが語られる順序は、あくまで聞き手の心の自然な動きに沿っていなければなりません。お話が、語り手と聞き手の共同作業だということは、この意味からもいえることなのです。

物語の動きに沿う

もうひとつ、ことばの問題でわたしが気になるのは、スピードの問題です。話の中で、ある速度をもった動きが描写される場合、たとえば「矢を放つ」とか、「高いところから落ちる」とかいったことですが、それを描写することばがその動きと合わない――ほとんどの場合、ことばがおくれる――ため、興がそがれるということです。これは、翻訳の文章に限ったことではありませんが、やはり翻訳のものにはその例が多いようです。動詞についている副詞や副詞句をそのまま動詞にかぶせて訳すからでしょう。「棍棒をふりあげて敵の頭を打った」というような場合、実際、棍棒をふりおろす動作は一瞬のことです。だとすると、それを表現することばも、それに近い時間で語り終えられなければ、臨場感が出てきません。ところが、ときによると、「かれは、棍棒をふりあげると、相手の男に対する憎しみに胸を熱くしながら、腕の筋肉のすみずみにまで力をみなぎらせ、気迫のこもった声をあげつつ、棍棒が空を切るヒュッという音とともに、それをふりおろした」といった式の文章に出会います。こういう文章は、語っていても、聞いていても、気持は先へいくのに、ことばがブレーキとなってうしろへひっぱっているような気がして始末のわるいものです。すばやい、動きのある場面は、話の山場であることが多いのですから、ことばは、その場の興奮を盛りあげるように働かなければいけないはずです。さきに、ことばは、聞き手の心の動きに沿うものでなければならないといいましたが、語りものである以上、何よりもまず語られている事柄に沿うものでなければならないと思います。動きとことばの食い違いを感じさせる箇所は、声に出して語ってみながら、手直しをする必要があります。

内容と文体の一致

ことばに関して、もうひとつ考えなければならない大切な問題は、文体と内容の一致ということです。お話にはいろいろな種類があります。神話、昔話、創作といったようにジャンルが違えば、やはり、それぞれに、話の性格、雰囲気が違ってきます。昔話は、全体として、親しみやすさ、土くささ、明るさ、活気、素朴、といった味をもっていますし、それに対して神話は、雄大、崇高、激しさ、あるいは悲劇的な雰囲気といったものをもっています。創作のお話はひとつにまとめてしまうことができないほど、作者によって、持ち味が違います。ユーモラスな話か、悲しい話かによっても、話の調子は変わってきますし、リアリスティックな話か、空想的な話かによっても違ってきましょう。話しかける相手の子どもの年齢によって、話す口調が変わってくるのも当然のことです。話には、それぞれの内容や性質にふさわしい文体――ことばの調子があると思います。語りたいと思うお話を見つけたら、その話のもっている本来の持ち味をつかんで、その語り口調が話の味と合っているかどうかを見るのも、選ぶという仕事の一部です。

「あるところに、びんぼうなじいさんがあったんだと」「じいさんは、山で、一匹のきつねに出会うたそうな」といった語り口調は、昔話のもので、この調子で神々の話をすることはできません。「ピョン子さんがね、ピョンとはねたら、はいていたおくつがポイとぬげました」式のことばでは、英雄物語は語れません。もちろん、このように極端な例は問題ではなく、むずかしいのは、文体のもっと微妙な差だと思いますが、結局、語ったり、聞いたりする経験を積まないと、こうした問題にはっきりした判断は下せないと思います。ただ、お話を選ぶ際、内容ばかりでなく、文体にも注意を向けるよう努めることが大事です。日本の創作の場合は仕方ありませんが、昔話の再話や、外国作品の翻訳で、もしいくつかのテキストを比べることができる場合は、必ず文体にも注意して、いちばん内容にぴったりしたものを選びましょう。よくあるのは、深刻な内容のわりには、文章の甘ったるいもの、緊迫した事件を扱っていながら冗漫なもの、です。わたしたちは、語り手として、ただ物語を伝えるだけでなく、それを、いちばんいいことばで伝えることができるようでありたいものです。そのために、少しずつ、わたしたち自身のことばの感覚をみがくことを心がけましょう。

会話体ですすむ話

ことばについて、最後にふれておきたいのは、幼児向けの話には、できるだけ会話を多くという考え方についてです。このような考え方がどこから出たのかわかりませんが、幼児向けのお話の本には、会話体をふんだんに用いているものが目立ちますし、語り手によっては、語るときにテキストにない会話を即興的に盛りこんで語る人がいます。会話体が、子どもの注意をひきやすいと思ってのことなのでしょうか。

わたしは、会話で運ばれる話が、必ずしも幼い子に向いているとは思いません。さきにも例にあげましたが、その日は、たいへんいいお天気でした。
「○○ちゃん、いいお天気だね」
「うん、すばらしい日だね」

といったふうに、いったん客観的に叙述したことを、会話でなぞるのは、話を冗長にするだけでなく、つくりものくさくしてしまうので感心しません。

かといって、「いい天気だった」という叙述抜きに、いきなり会話をもってきて、その会話をとおして、いい天気であったことを聞き手に伝えるやり方も、けっして有効とは思えません。これでは、いい天気であったという事実が、間接的に伝えられるだけですから、幼い子にとっては、むしろ受けいれにくい、イメージ化しにくい表現方法ではないでしょうか。子どもたちは、○○ちゃんたちが話しているところと、話の内容からわかる事実とを、いわば二層の構造にして思い浮かべなければならないのですから。

わたしは、たとえ幼い子向きのものであっても、お話の中の会話は、登場人物同士の本来の会話にとどめ、客観的に叙述できる状況は、直接そのまま表現したほうがよいと思います。

「あっ、○○ちゃん、あそこにほら穴があるよ」
「ずいぶん大きなほら穴だねえ」
「それに、ずいぶん深そうだよ」
「奥のほうはまっくらだ」
「中に何かかくれていそうだねえ」「はいってみようか」
「こわいよ、よそうよ」

というのと、

○○ちゃんと□□ちゃんが歩いていくと、大きなほら穴がありました。のぞいてみると、穴は深くて、奥のほうは、まっくらです。そこに何かかくれていそうです。「はいってみようか」と、○○ちゃんがいいました。けれども、□□ちゃんは、「こわいよ、よそうよ」と、首をふりました。

というのと、どちらがイメージしやすいでしょう。状況を直接描写してくれる後者のほうではないでしょうか。それに、実際には、ふたりは、同時に同じ場所を見ているのですから、それをことばで相手に伝える必要はありません。ふたりの会話は、本来のものでなく、聞き手（あるいは、読者）のためのものであるのは明らかで、その不自然さはかくせません。

こうした不自然な会話で話をつなげていけば、話そのものが嘘くさくなるのは当然でしょう。幼い子向きのお話から、この種の嘘くささを、できるだけ排除したいものです。

以上述べてきたことは、こうしてことばに書き表わしてみると、何か理屈っぽい、むずかしいことのようにみえるかもしれません。しかし、実際は、けっしてそうではありません。お話に心をあずけて、とらわれない耳で聞いていれば、ひとりでに感じることです。

わたしが、今、以前に比べて、ことばの問題に敏感であるとすれば、それは、わたしが数多くのお話を聞いてきたからです。たとえ、どこがどうよくないかを説明することができないにしても、よいことばで語られていない話は、聞いていて、なんだかしっくりしない、わかりにくい、耳に快くひびかない、おもしろくないとだれもが感じるはずです。大事なのは、そのように感じることです。お話を語る人は、感じることのできる人であってほしいと思います。

最初に、お話を選ぶのは、理屈よりもかんだということをいいましたが、ことばのよしあしを判断するのは、まさにかんだと思います。そして、かんを養うためには、経験を積むことがいちばんで、ことに、ことばのかんを養うには「聞く」ことがいちばんだと思います。人の話をよく聞き、また、自分でもいろいろな作品を声に出して読んでみて、それを聞く習慣をつけてください。聞くこと――それも関心をもって聞くこと、ことばに注意しながら聞くこと――によって、ことばの面からお話を選ぶ〝耳〟が徐々に育っていくと思います。

四、内容の問題

お話を選ぶ条件として、物語の構成の問題、表現の問題を考えてきました。しかし、お話でいちばん肝心なのは、内容の問題であることはいうまでもありません。いくら形よく整って、調子のいいことばで語られていても、中身がなければ、語るに値しないからです。しかし、本書では、内容の問題については、ごく簡単にふれるにとどめたいと思います。というのは、どのような内容をもつ話を選ぶかは、語り手それぞれの心の問題であり、それについては、構成や表現の問題のような、技術的な側面がないからです。従って、内容に関しては、第一章で述べた原則のうち、第一のものをくりかえすにとどめましょう。すなわち、自分の好きな話を選ぶということです。

好きな話というのは、なんらかの意味で、語り手の心を打つ話です。この「心を打つ」要素が、その話の内容がもっている価値だといえましょう。どのような要素に価値を認めるかは、人それぞれに違いますし、また違っていてよいことなのです。

わたしの個人的な見解を述べることをゆるしてもらえれば、わたしは、できるだけ多くの語り手が、人生に対して肯定的な姿勢をもち、積極的、楽天的な生き方をよしとみる話、健康な笑いをさそう話を選んでほしいと思います。そして、うすっぺらで教訓的な話、センチメンタルな話を避けてほしいと思います。どうやら、わたしたちおとなは、子どもに対するとき、どうしても何かを教えたいという欲求から逃がれられないもののようです。そういうおとなの手によって、お話は、昔から、子どもに何かを教える手段として用いられてきました。そして、この事実は、今も変わりません。昔の修身の教科書に出てきたような教訓話は、今日では少なくなったかに見えますが、よく見れば、姿を変えて数多く存在していることがわかります。そして、この種の教訓話は、いわゆる〝感動的〟な物語に多いようです。人の感情にことさら強く訴えて、いやでも相手を感動させようとはかるのは、センチメンタリズムといってよいと思いますが、かといって、具体的な作品について、どれが感動的で、どれがセンチメンタルなのかということになると、これは大いに議論がわくところです。厄介なのは、語り手自身が感動して語れば、センチメンタルな話も感動的に聞こえる場合があることです。実際、真に人を感動させる話と、センチメンタルな話の間に、はっきりした線をひくことは、むずかしいことかもしれません。この問題を考えるとき、わたし自身は、いつも中野重治さんのことばを思い出します。氏は、センチメンタルなものを定義して、「センチメンタリズムというのは、つきつめて行くとどこかに嘘があるのではないか」[11]といっています。ここに、この問題を解くいちばんのカギがあるように思います。

いずれにせよ、どのような内容をもった話を選ぶかは、語り手自身にまかされています。ことお話の内容に関しては、外からそれを規定する決まりはなく、すべては、語り手の心にかかっています。自分の心が自然に反応する話、自分が気持をこめて話すことができる話を選んでください。

五、おわりに

お話の選び方について、あれこれ多くのことを述べてきましたが、これを読んで、これからお話をはじめようとしている人が、選ぶのはむずかしいと頭から決めてかかって、元気をなくさないように願っています。いちばんはじめに述べたように、お話を選ぶのは、結局は、かんであり、お話の選択眼は、語ることによって、語る力とともに育っていくものなのです。ですから、コルウェルさんのことばにあるように、お話を選ぶときは、冒険をおそれないようにしましょう。「好き」ということを水先案内にして、思い切ってお話の海へ乗り出しましょう。世の中には、語られることを待っているお話が、無数にあるのですから。

最後に、お話を志す人に申し上げておきたいのは、とかく初めての人は、できるだけ短いものを選ぼうとする傾向がありますが、短いものは、必ずしも語りやすいとは限らないということです。ことに一口話のようなものは、語りのこつが必要で、なれない者には向きません。おぼえられないだろうことを心配して、長さだけで選ぶのではなく、話の柄で選ぶようにしてください。はっきりした筋があって、次々に事件が起こるような話は、長くても語りやすいものです。日本のお話でいえば、「なら梨とり*」や「かちかち山*」。外国の例でいえば、グリムの「森の家*」やイギリスの昔話「姉いもと*」などです。

　また、初心者の人は、できるだけ昔話を選ぶように心がけてください。はじめのうち、昔話は、あまり魅力がないように思えるかもしれません。しかし、昔話は、なんといっても、語る話の基本です。これまで述べてきた語るに向く物語の条件や、表現の問題も、昔話を語っていれば、自然にわかってくることです。語り尽くされたと思うかもしれませんが、だれでもが知っているような基本的な昔話を、レパートリーの中に、必ずいくつかいれるようにしてください。

　なお、さらにお話の選び方について参考になるものを読みたいとお思いの方は、『お話とは[1]』の巻末にあげた参考書をごらんになってください。『ストーリーテラーへの道[3]』では、第八章を、選び方の問題にあて、語るに向く話の条件のみならず、お話を選ぶということに対して語り手がとるべき態度について、傾聴に値する示唆を与えています。英語がお読みになれる方には、シェドロックの *The Art of the Story-teller*[7] をおすすめします。この本の中には、「お話を選ぶときに求めなければならない要素」と、「避けなければならない要素」を、それぞれ十項目ほどあげて、非常に実際的な立場からのアドバイスをしています。イギリスのお話の語り手コルウェルさんは、その著『子どもたちをお話の世界へ[12]』の中で、聞き手の対象を三〜五歳、五〜七歳、七〜十二歳の年齢別に分けて、それぞれの年齢の子どもたちに、どういうお話を選べばよいかを、具体的に話をあげて述べています。例にあげられている作品が、イギリスのものだということはありますが、経験豊かな語り手の選び方についての意見を聞くことは興味があります。

子どもたちが、実際どんなお話を喜んで聞いているかということを知りたい方は、『お話のリスト[4]』や、各地の図書館、文庫で出されている実践の記録を参考になさってください。

お話を語るのがあなたである以上、お話を選ぶのもあなたです。語り手のひとりひとりが失敗をおそれず、冒険心をもって、語られることを待っている豊かな物語の宝庫にわけいって、〝ご自分の〟話を見つけ出してこられるように願っています。

引用・参考文献（行末に本文掲載頁を記しました）

＊本書でとりあげたお話（五十音順）

赤ずきん　グリム昔話『子どもに語るグリムの昔話5』佐々梨代子・野村泫訳　こぐま社　62頁

姉いもと　イギリスの昔話『イギリスとアイルランドの昔話』石井桃子編・訳　福音館書店　113頁

一寸法師　日本の昔話『いっすんぼうし』いしいももこ ぶん　福音館書店　62頁

美しいおとめ　北米先住民の昔話　松岡享子編・訳『おはなしのろうそく28』東京子ども図書館編・刊　31頁

美しいワシリーサとババ・ヤガー　ロシアの昔話　東京子ども図書館編・訳『おはなしのろうそく4』42、44、53頁

エパミナンダス　サラ・コーン・ブライアント作　松岡享子訳『おはなしのろうそく1』21頁

おいしいおかゆ　グリム昔話　石井桃子他再話『おはなしのろうそく1』40、42、51頁

おかあさんのたんじょう日　まーじょりー・ふらっく文　光吉夏弥訳『おかあさんだいすき』

岩波書店　37頁

おだんごぱん　ロシアの昔話『おだんごぱん』せた ていじやく　福音館書店　76頁

かしこすぎた大臣　インドの昔話『子どもに語るアジアの昔話1』
アジア地域共同出版計画会議 企画　松岡享子訳　こぐま社　57頁

かたやきパン　イギリスの昔話『イギリスとアイルランドの昔話』76頁

かちかち山　日本の昔話　佐々梨代子再話『おはなしのろうそく10』51、113頁

金の不死鳥　カナダの昔話『トンボソのおひめさま』
マリュース・バーボー、マイケル・ホーンヤンスキー文　石井桃子訳　岩波書店　42、44頁

こぶじいさま　日本の昔話『こぶじいさま』松居 直再話　福音館書店　71頁

三人ばか　イギリスの昔話　松岡享子訳『おはなしのろうそく4』48頁

三びきの子ブタ　イギリスの昔話『イギリスとアイルランドの昔話』86頁

三びきのやぎのがらがらどん　ノルウェーの昔話『三びきのやぎのがらがらどん』
アスビョルンセン、モー〔再話〕せた ていじやく　福音館書店　36、40、42、51頁

仕立てやのイトチカさんが王さまになった話　ポーランドの昔話　内田莉莎子訳　『おはなしのろうそく6』　42、62頁

七羽のからす　グリム昔話　東京子ども図書館訳　『おはなしのろうそく10』　77頁

シンデレラ　ペロー昔話　『シンデレラ』マーシャ・ブラウンぶん　まつの まさこ やく　福音館書店　62頁

グリム昔話　『子どもに語るグリムの昔話4』（「灰かぶり」）

『隊商』　ウィルヘルム・ハウフ作　塩谷太郎訳　偕成社　69頁

ちっちゃなゴキブリのべっぴんさん　イランの昔話　『子どもに語るアジアの昔話1』　58頁

『チベットのものいう鳥』　チベットの昔話　田 海燕編　君島久子訳　岩波書店　69頁

ドシュマンとドゥースト　イランの昔話　『子どもに語るアジアの昔話2』　69頁

なら梨とり　日本の昔話　東京子ども図書館編　『おはなしのろうそく6』　113頁

ねずみのすもう　日本の昔話　瀬田貞二再話　『おはなしのろうそく18』　71頁

ねむりひめ　グリム昔話　『ねむりひめ』せた ていじ やく　福音館書店　52頁

『子どもに語るグリムの昔話6』（「いばらひめ」）
一つ目、二つ目、三つ目　グリム昔話　『子どもに語るグリムの昔話5』　42頁
ホットケーキ　ノルウェーの昔話　松岡享子訳　『おはなしのろうそく18』　76頁
三つの金曜日　トルコの昔話　『天からふってきたお金』アリス・G・ケルジー文　岡村和子訳
岩波書店　20頁
桃太郎　日本の昔話　『ももたろう』まつい　ただし　ぶん　福音館書店　62頁
森の家　グリム昔話　東京子ども図書館訳　『おはなしのろうそく19』　113頁
六人男、世界をのし歩く　グリム昔話　『子どもに語るグリムの昔話2』　60頁

＊本書でとりあげた本

1　『お話とは』（レクチャーブックス◆お話入門1）　松岡享子著　東京子ども図書館
二〇〇九年　8、113頁
2　*Summoned by Books: Essays and Speeches* by Frances Clarke Sayers. Viking, N.Y., 1965　8頁

3 『ストーリーテラーへの道――よいおはなしの語り手となるために』 ルース・ソーヤー著
池田綾子・上条由美子・間崎ルリ子・松野正子訳　日本図書館協会　一九七三年　12、114頁

4 『お話のリスト』新装版　東京子ども図書館編・刊　二〇一四年　19、114頁

5 『お話の実際――話すこと2』（レクチャーブックス◆お話入門5）
松岡享子著　東京子ども図書館　二〇〇八年　19頁

6 *Storytelling* by Ruth Tooze. Prentice-Hall, N.J., 1959　23頁

7 *The Art of the Story-teller 3ed.* by Marie L. Shedlock. Dover, N.Y., 1951　72、114頁

8 『精神指導の規則』（岩波文庫）　デカルト著　野田又夫訳　岩波書店　一九七四年　75頁

9 『日本語の表現』（日本文化研究 六）　金田一春彦著　新潮社　一九五九年　91、92頁

10 『悪文――伝わる文章の作法』　岩淵悦太郎編著　角川文庫　二〇一六年　92頁

11 『日本語 実用の面』　中野重治著　筑摩書房　一九七六年　111頁

12 『子どもたちをお話の世界へ――ストーリーテリングのすすめ』 アイリーン・コルウェル著
松岡享子ほか訳　こぐま社　一九九六年　114頁

好評
発売中！

レクチャーブックス◆お話入門 シリーズ 全7巻

松岡享子 著

1～6　各B6判　各定価:880円(本体800円+税)
7　A5判　定価：1320円（本体1200円+税）

1. お話とは　　112p　ISBN978-4-88569-187-4

お話とは何か、なぜ子どもたちにお話を語るのか、語り手を志す人へのアドバイスなどを述べた入門書。

2. 選ぶこと　　124p　ISBN978-4-88569-188-1

お話を選ぶための原則は？　語るに値するお話の条件とは？　物語の構成、ことばや内容の問題を例をあげながら解説しています。

3. おぼえること　　100p　ISBN978-4-88569-189-8

お話のおぼえ方の基本等を、くわしく解説しています。『お話──おとなから子どもへ 子どもからおとなへ』（日本エディタースクール出版部 1994年）収載の松岡享子へのインタビューを再録しました。

4. よい語り──話すことⅠ　　132p　ISBN978-4-88569-190-4

お話を子どもと分かち合うための“よい語り”をめざして、声、速さ、間、身ぶり、物語の性格とそれに合う語りなどを取りあげて考えます。

5. お話の実際──話すことⅡ　　100p　ISBN978-4-88569-191-1

お話会の時間や場所をどのように設定するか。語り手はどんなことに気をつけたらいいか。具体的な例をあげて伝えます。

6. 語る人の質問にこたえて　　148p　ISBN978-4-88569-192-8

お話についての疑問に答えた、たのしいお話8「質問に答えて」に、機関誌104号の評論「質問に答えてII」を加え、加筆訂正しました。

7. 語るためのテキストをととのえる──長い話を短くする

松岡享子編著　152p　付録72p　ISBN978-4-88569-193-5

長い話を子どもたちに語れるように短くする実践講座の記録。松岡享子指導のもと、文章を整えていく過程をまとめました。Book in Book形式で、原文と整えた例を対照した付録を挟み込んでいます。

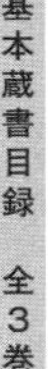

絵本の庭へ　児童図書館 基本蔵書目録 1

東京子ども図書館 編　A5 判　400p
定価：3960 円（本体 3600 円＋税）　ISBN 978-4-88569-199-7

1950 年代〜 2010 年に刊行された絵本から、1157 冊を厳選。表紙の画像と簡潔な紹介文をつけました。件名索引や読み聞かせマークも充実。

物語の森へ　児童図書館 基本蔵書目録 2

東京子ども図書館 編　A5 判　408p
定価：3960 円（本体 3600 円＋税）　ISBN 978-4-88569-200-0

戦後出版された児童文学（創作物語、昔話、神話、詩）から選りすぐった約 1600 冊。主人公名からも引ける件名索引が便利です。

知識の海へ　児童図書館 基本蔵書目録 3

東京子ども図書館 編　A5 判　408p
定価：3960 円（本体 3600 円＋税）　ISBN 978-4-88569-201-7

1950〜2020年刊のノンフィクション（知識の本）から、とっておきの約1500冊を紹介。幅広いジャンルの本をテーマ別、対象年齢順に掲載しています。

おはなし 聞いて語って――東京子ども図書館 月例お話の会 500 回記念 プログラム集

東京子ども図書館 編　A5 判　224p
定価：1500 円（本体 1364 円＋税）　ISBN 978-4-88569-215-4

当館で 1972 年に始まった大人向けお話会が、2019 年に 500 回を迎えたのを記念しての刊行。語られたお話を全て収載。当館名誉理事長松岡享子の前書き、カラー口絵、話名索引、出典リスト付き。語り手にとっては貴重な情報源であり、お話の楽しさ、豊かさが心に響く一冊。

東京子ども図書館は、
子どもと本の幸せな出会いを
願って活動する私立図書館です。

くわしくは、ホームページを
ご覧ください。
URL: https://www.tcl.or.jp

選ぶこと（レクチャーブックス◆お話入門2）

1982年3月31日　初版発行
2018年5月18日　新装版　第1刷発行
2024年9月10日　新装版　第2刷発行

著　者　松岡享子（まつおかきょうこ）
発行者 著作権所有　公益財団法人 東京子ども図書館
〒165-0023　東京都中野区江原町1-19-10
TEL 03-3565-7711　FAX 03-3565-7712

印刷・製本　精興社

ISBN 978-4-88569-188-1